KB076813

당신의 이름은

이미숙 소설

당신의 이름은

제1판 인쇄 2018년 10월 5일
제1판 발행 2018년 10월 12일

지은이 이미숙
펴낸이 윤이주

마케팅 (주)작은숲
디자인 봉구네
인쇄제본 (주)아이엠피

펴낸곳 도서출판 무늬
등록번호 제572−2017−000021호
등록주소 28533 충북 청주시 상당구 무심동로 328번길 6
전화 043−283−2595
홈페이지 cafe.daum.net/muneui
전자우편 muneui@hanmail.net

ⓒ 이미숙

ISBN 978−89−969846−7−2   03810
값 12,000원

이미숙 소설

당신의 이름은

문니

차례

민희와 정희

아이들에게 밀려 나오다 말고 은진은 창가로 갔다. 내려다보는 운동장에는 정적이 그리 깊지 않았다. 쉬는 시간을 맞이한 아이들 소리에 맞춰 정적마저 순하게 흔들리는 듯했다. 한 시간 전에 허둥지둥 운동장으로 뛰어들었을 때의 정적은 진흙 뻘처럼 그녀를 진땀나게 했었다. 무릎까지 푹푹 빠지는 고요함이 걸음을 떼놓을 때마다 깊어지면서 가슴까지 차올라 숨을 몰아쉬게 했었다.

운동장은 도로에서 집 한 칸 높이만큼 낮았다. 동네와 학교 사이에는 크고 작은 논들이 박혀 있고, 논에서 시선을 들면 멀리 강둑이 보인다. 강을 따라 동네가 흩어져 있는 면소재지라서 서로 자기 동네 가까이 중학교 터를 잡으려고 줄다리기를 하다가 중간쯤의 논바닥에 학교를 지었다고 한다. 도로포장은 마을 끝에서 멈추었고, 거기서 빤히 보이는 학교까지 육백 미터쯤이 흙길이었다. 그 길에서 차를 만나면 꼼짝없이 먼지더미를 뒤집어써야 한다.

은진은 그 길에 들어서며 달려오는 버스를 보았다. 비구름처럼 흩어지는 먼지에 질려 일찌감치 고개를 돌리고 서 있는데 바로 앞에서 버스가 멈추었다. 문이 열리고 노인 한 분이 투덜대며 내렸다. 내릴 곳을 지나쳐 온 모양이었다. 집채만 하게 부풀어 올랐던 먼지덩어리가 버스 뒤에서 잦아들었고, 행선지가 선명하게 눈에 들어왔다. 은진은 그 순간 자기가 세우기라도 한 것처럼 냉큼 그 버스에 올라타고 말았다. 일찍 나온 출근길이니 정희네 집에 다녀와도 수업에는 늦지 않을 거라는 생각이었다.

화단의 깨꽃 위로 햇빛이 발갛게 부서져 내렸다. 정희네 마루 끝에 앉아서도 햇빛을 보고 있었다. 마당구석에 펼쳐진 멍석에서 빨갛게 윤을 내던 고추가 빈집에 앉아있는 은진의 서먹함을 조금은 덜어주었었다. 바로 몇 시간 전의 풍경이 먼 기억처럼 아득했다.

"수업했어?"

김 선생 목소리다. 돌아서는데 겨드랑이에 끼었던 책과 출석부가 미끄러지며 요란을 떨었다. 무안해서 얼른 집어 들고 김 선생을 따라 걸었다. 김 선생이 아는 체를 하지 않았으면 마냥 서 있을 뻔했다. 교무실에 들어서기가 아무래도 좀 막막했던 것이다. 무슨 일이 있었는지 다들 한 마디씩 물어댈 것이다. 시골학교 교무실은 식구들 많은 사랑채 같다.

허겁지겁 교무실에 들어섰을 때는 수업이 막 시작된 직후였다. 연락도 없이 늦게 나타나 꾸벅 인사를 하는 은진을 보고 교감은 담배부터 찾아 들었다. 호통부터 터져 나오기 일쑤인 그의 잔소리가 입 안 가득 물려 있었다. 전화 한 통 없이 아침내 사라졌다가 나타났으니 보통 때 같았으면 큰 소리가 나도 한참 났을 것이다. 화를 참느라고 얼굴이 좀 붉어진 것도 같았다.

"죄송합니다. 정희네 집에 다녀왔어요. 아침이 아니면 그 애 아버지를 만날 수 없을 것 같아서요."

계획된 방문이 아니라서 변명이 궁할 수밖에 없다. 정희가 간 곳은 짐작도 못한 채 날짜만 보내고 있는 초조함이 무턱대고 그 버스를 타게 했겠지만 그렇다고 그걸 변명으로 내세울 수는 없는 노릇이었다. 교감도 철딱서니 없는 울보선생을 어떻게 대해야 할까 궁리 중일 것이다. 은진은 그저께 아침이 생각나 얼굴이 달아올랐다.

학급조회를 마치고 교무실로 들어선 은진이 출석 난에 체크를 하고 있는데 교감이 대뜸 큰 소리를 냈다. 칠판 결석 난에

이미숙소설 **당신의 이름은**

또 적히고 있는 정희의 이름에 다시 부아가 난 모양이었다.

"이게 벌써 며칠째여? 애도 못 찾고, 부모소환도 못 시키고. 이러다가 걔가 밖에서 사고라도 치는 날이면 누구 책임인 줄 알기나 해?"

책상에 있던 서류철이 삿대질하는 그의 소맷부리에 걸려서 와르르 쏟아졌다. 그때였다. 어느 구석에 숨어있었는지, 다른 사람보다도 그녀 자신이 더 놀랐던 울음이 터져 나왔다.

"이런, 어른 되려면 한참 멀었네. 그만 일로 울기는."

주변에 있던 교사들이 농담 반 진담 반으로 한 마디씩 거들며 그 자리를 수습해주기는 했지만 교감에게도 은진에게도 아주 입맛 쓴 사건이 되고 말았다. 초임교사가 많아 교사들 평균 연령이 낮으니 만만해서 그런다고, 이번 기회에 툭하면 아이들 꾸짖듯 닦달을 해대는 교감의 태도는 시정되어야 한다고, 가출 학생 때문에 아무리 신경이 예민해져 있다고는 하지만 유치원 생도 아니고 그만한 일에 으앙 울음을 터트리는 여교사도 봐주기 민망하다는 얘기들이 교무실을 돌았다.

가능한 교감과 부딪칠 일을 피하던 차인데 오늘은 무단지각까지 했으니 은진은 발이라도 구르고 싶은 심정이었다.

"권은진 선생이 수업 들어갈 건가?"

"네?"

은진의 수업시간표에 노란 동그라미가 그어져 있고 사회 보
강표시가 되어 있었다. 예고도 없이 생긴 보강시간이 탐탁지
않아서 박 선생은 시작종이 울리고도 한참을 꾸무럭대던 중이
었을 것이다. 은진은 얼른 수업교재를 챙겨들었다. 능장을 피
우고 있던 박 선생이 구세주 같았다.

"그래 만나는 봤소?"

은진이 서둘러 출석부를 뽑아드는데 더는 참지 못하겠는지
교감이 입을 열었다.

"아니요."

빈 마루에 앉아 한참을 기다렸지만 누구도 만날 수가 없었
다. 정희 할머니라도 들어오시겠지 싶어 망설이다가 버스시간
만 놓치고 만 것이다. 교무실을 나서는데 그럴 줄 알았다며 혀
차는 소리가 따라 나왔다.

"아니 이런! 인신매매단인가 뭔가 이거 하나 못 붙잡아 넣나?
여고생 어쩌고 할 때가 엊그젠데 이제는 여중생까지 손을 대다
니."

신문에 얼굴을 박고 있는 한 선생의 톤 굵은 목소리가 교무
실을 휘돌고 있었다.

"저런 사람이 술집 가면 영계만 더 찾아요. 술집 가서 영계

이미숙소설 당신의 이름은

찾는 놈들부터 잡아넣어야지, 무슨."

평소에도 서로 앙숙지간이라고는 하지만 은진은 김 선생의 낮은 대꾸가 섬뜩했다. 인신매매에 대한 방송이나 신문기사는 사람들의 입을 거치면서 과장되고 윤색된 채로 꼬리에 꼬리를 물었다. 정희는 집을 나간 지 일주일째다.

"난 또, 애 따라 떠난 줄 알았지."

정 선생이 은진의 어깨를 툭 치며 곁에 앉았다.

"앓아누웠나 하고 전화했더니 없던데? 아침부터 어딜 갔었어? 얼른 고백해봐."

"정희네 집에요."

"아침부터 거긴 왜? 예수 났네. 아흔아홉 마리는 어떡하고 잃어버린 한 마리 찾아 헤매고 다니게?"

정 선생은 은진에게 커피를 타주며 모두 들으란 듯이 걸걸한 목소리를 높였다.

어머니가 병원에 재입원하시는 걸 보느라 월요일을 결근하고 나온 화요일 아침에, 교감은 마치 은진의 결근 때문에 아이가 가출을 한 것처럼 굴었다.

"애들은 금방 알아요. 담임선생이 조금만 느슨하게 나와도 바로 이런 일들이 생긴다니까."

아이들의 가출은 연중행사처럼 해마다 있는 일이다. 학교로 영 돌아오지 않는 아이도 많다고 들었는데 은진이 작년에 목격한 가출 아이들은 대부분 하루나 이틀 만에 돌아왔다. 찾으러 간 부모나 담임의 뒤를 따라 쭈뼛쭈뼛 교무실로 들어선 아이들은 그동안의 일을 미주알고주알 캐묻는 교사들 앞에서 고개를 꺾고, 지겹도록 반성문을 써내고, 다시는 그러지 않겠다고 되풀이해 약속을 하고 그리고는 다시 일상생활로 돌아가는 것이다.

작년에 은진이 담임했던 아이도 친구를 따라 나갔다가 이틀 후에 돌아왔다. 가출을 계획하면서 아이들은 대부분 친구와 함께 나가고 싶어 하기 때문에 남겨진 아이들에게서 행방을 알아내는 경우가 많다. 그러나 정희는 가출하겠다는 말이 없었다고 한다. 정희와 단짝인 혜순이도 모른다며 훌쩍이기만 했고, 아이들은 아마 엄마를 찾아갔을 거라는 추측만을 내놓았다. 그러나 그곳이 어디인지 아는 아이는 없었다. 은진의 추측으로는 정희도 저희 엄마 사는 곳을 모르고 있을 것이다.

놀라 달려간 정희네 집에서도 은진은 아무것도 알아내지 못했다.

"놔둬유. 지 발로 들어오게. 학교 보내주는 것만도 황송한디 공부 싫다고 내뺀 년 뭐하러 찾으러 댕겨유?"

마당에서 정희할머니의 신세 한탄만 듣고 돌아와야 했다. 큰아들네서 해주는 밥 먹고 편히 지낼 건데 도망간 둘째며느

이미숙소설 당신의 이름은

리 때문에 당신만 고생이라고, 남동생은 착한데 정희는 도망간 저희 에밀 그대로 빼닮아서 그 모양이라는 소리를, 하고 또 했다. 혜순이가 곁에서 정희할머니 모르게 입을 삐죽거렸다. 집에 잘 계시지도 않아서 정희가 밥을 거의 혼자 해먹고 다녔다고 했다.

할머니에게 몇 번이나 부탁을 했는데도 정희아버지는 학교로 전화조차 하지 않았다. 은진이 전화를 할 때마다 매번 집에 없었고, 그렇다고 정희를 찾으러 다니는 것 같지도 않았다. 가출에 대한 책임 소재를 분명히 해두려던 교감의 심기만 갈수록 불편해졌고, 은진은 아이를 제대로 보살피지 못했다는 자책감에 사로잡혀 지냈다. 정희가 담임에게서도 저희 아빠나 할머니 같은 무관심을 느낀 게 아닌가 싶어서 마음이 무거웠다.

학기 초에 정희는 산만한 수업태도 때문에 교무실로 자주 불려왔다. 수업시간 내내 손바닥으로 얼굴을 가렸다 폈다, 우는 건지 웃는 건지 종잡을 수 없는 행동들을 되풀이했다.

"왜 그랬니?"

"…"

"말해보라니까."

"엄…마…."

"엄마가 뭐?"

"선생님이 집에 가서 수업시간에 배운 대로 엄마에게 마더라고 불러 보라고 했는데…."

은진은 아이를 따로 부른 걸 후회했다. 아이들 가정환경을 미처 다 파악하지 못하고 있을 때였다. 이농현상으로 농가가 줄고 있다는 소리는 들었지만, 신문에서 읽고 상상하던 것과는 달리 부모 없이 시골에 남아 있는 아이들이 많았다. 엄마나 아빠 한쪽만 있거나 아예 할머니 손에 맡겨졌거나, 작은집이나 큰집에 얹혀사는 아이들이 많았고, 부모가 돈을 벌러 잠시 나가 있는 경우도 간혹 있었지만 대부분 가출이나 가정불화로 부모가 헤어진 집이 더 많았다. 결손가정 아이들은 선생님들에게 부모를 원했다. 은진은 수업시간은 말할 것도 없고, 복도에서 수돗가에서 운동장에서 퇴근길에서 문득문득 그녀를 따라다니는 정희의 시선을 느끼곤 했다. 가끔은 아는 체를 해주고 또 가끔 모르는 체하면서 시간이 흘렀다.

"정희야. 넌 중학생이야. 수업시간에 어떻게 해야 하는지는 알고 있지?"

"네."

아이에게 참을성을 강조하면서 은진은 정작 참을성 없는 부모들에게 울컥 짜증이 났다. 안쓰러운 마음에 그저 아이들만 감싼다고 될 일이 아니라는 건 이미 몇 차례나 겪은 후였다.

작년에, 초임교사인 은진과 최 선생은 나란히 주임선생 앞으로 불려갔었다.

　"선생님들 반에 유독 환자가 많은 게 왜 그런 거 같아요?"

　감기가 유행인 환절기라서 아이들은 수업을 할 수 없을 정도로 다투어 콜록거렸고, 쉬는 시간마다 담임을 찾아 줄줄이 교무실을 들락거렸다.

　"애들한테 잘 해주는 것도 좋지만 계속 데리고 살 거 아니잖아. 키워서 내보낼 생각들을 해야지. 응석을 받아줘도 되는 아이들이 있고, 오기를 불어 넣어줘야 하는 아이들도 있는 거야."

　선배교사의 말이 처음에는 납득이 잘 가지 않았으나 은진은 곧 초임교사들의 미소에 불나방처럼 뛰어들어 일어설 줄을 모르는 아이들이 눈에 보였다. 뭐든 할 수 있을 것 같았던 햇병아리 교사의 신념은 점점 수렁 속으로 빠져들었다. 아주 작은 일에도 여기저기 숨겨져 있는 복병을 만나 애를 먹었다. 학교와 아이들에게 필요한 건 신임교사가 준비해온 것과 달랐다. 은진이 가진 것과 그들이 원하는 것은 때로는 일치하면서 또 금방 어긋나면서 마음을 혼란스럽게 했다.

　"누가 찾아 왔던데. 만났어?"

　"네?"

　영민의 얼굴이 먼저 떠올랐지만 그가 학교로 찾아올 리는 없었다.

"이 시골까지 내려왔는데 그냥 보낼 수도 없고. 교무실은 불편할까 싶어 음악실로 보냈는데."

"누군데요?"

"가보시면 알겠지요."

매사에 급할 게 없는 정 선생이다.

음악실로 달려간 은진이 문을 열었다. 커튼도 걷지 않은 어두운 교실에서 민희가 일어섰다.

너무 뜻밖이었다. 그제서야 은진은 혹 정희아빠가 오지 않았을까 기대하면서 뛰어왔다는 걸 깨달았다.

"민희야!"

"내가 언니 생각을 너무 골똘히 해서 언니한테도 통했을 줄 알았는데…."

"그래. 이게 얼마 만이니? 내가 덜 생각해서 미안하다. 너 벌써 졸업반이잖아?"

"응. 졸업장은 준대."

"우리 축하부터 하자."

은진이 민희의 손을 잡고 흔들었다. 대학 다닐 때 일 년 동안 가르쳤던 아이다.

'난 너만 믿는다.' 민희엄마는 다른 엄마들처럼 은진에게 선

생님이라고 하지 않았다. 너라는 첫마디가 요기 서린 무당의
주문처럼 등을 훑어 내리던 기억이 새삼스레 생생하다. 딸은
크면서 점점 엄마를 닮는다더니. 민희 얼굴에서 얼핏 걔 엄마
의 얼굴선이 보이자 웃음이 나왔다. 엄마한테서 그렇게 달아
나려고 했는데 저희 엄마 모습 그대로라는 소리를 들으면 어떤
표정을 지을지 뻔하다.

"왜 이렇게 어둡게 하고 있어."

커튼을 잡아매자 피아노의 건반 위로 햇빛이 쏟아졌다. 엄
마 성화에 마지못해 피아노를 치느라 꾸벅꾸벅 졸던 민희의 모
습이 잊었던 상처처럼 햇빛 위로 드러났다.

"요즘도 매일 피아노 치니?"

"졸업 연주회 준비 때문에."

"쳐봐. 오랜만에 한 번 들어보자."

민희가 웃으면서 고개를 저었다. 은진이 먼저 재촉하듯 손
가락 하나로 건반을 눌렀다. 도, 레, 미, 파, 파, 파, 파…. 누군가
의 작은 소망으로라도 채워줘야 할 것 같은 반음 파. 작은 새가
날갯짓할 때 생길 것 같은 소리. 은진의 손가락이 반음 파에 걸
려 넘어가지를 않았다. 은진은 그 아픔을 외면했다.

"나 음악선생도 한다."

"언니가요?"

"그으래."

누가 먼저 웃었는지 모르겠다. 웃음소리에 묻혀서 지난 시간이 훌쩍 달아났다.

학급 수가 줄어드는 바람에 후임 음악교사를 받지 못했다. 몇 명이 교과를 나누어 맡았는데 젊은 여선생이라는 이유 하나로 은진에게도 음악수업이 떨어졌다. 전공과목보다 수업준비를 몇 배나 더하고도 날마다 전전긍긍하는 시간이었다. 녹음기가 구세주였다.

"언니를 만나고 싶었어. 꼭 그래야 한다고 생각했어요."

민희가 햇빛에 눈을 찡그리며 말했다.

영민도 그랬다.

"오고 싶었어. 꼭 와야 한다고 생각했지."

"또 가출했어?"

"가출?"

그가 낄낄거리며 한참을 웃었다. 그의 웃음에서는 울음소리가 묻어났다.

"정반대. 쫓겨났어. 집에 있겠다고 사정사정했는데 나가 달라서."

"그러고 다니니까 그러시지."

"그러고 다니니까?"

은진의 말을 반추하듯 되풀이하는 영민의 목소리가 금방 서늘해졌다.

"섬까지 찾아온 사람한테 환영은 못해주고?"

"여기는 섬이 아냐."

"섬처럼 느껴졌어. 강을 따라 들어와서 그런가? 네가 있는 곳이라 그런가?"

영민의 목소리를 떠올리며 은진은 민희의 모습을 살폈다. 대학생이 된 민희를 거리에서 마주치기도 하고, 민희가 보낸 간단한 편지나 엽서를 받기도 했는데 한동안 연락이 없어서 한참 잊고 있었다.

"집에서 아시니? 너 여기 온 거?"

"아뇨."

'너도 가출이니?'라는 말을 삼키느라 은진은 가슴이 다 뻐근했다.

"전화해야지."

선생 티를 내고 말았다. 송곳 같은 민희엄마의 시선이 먼저 떠올랐다. 은진은 그때도 민희의 간수였다. 민희의 과외를 마치고 나올 때마다 은진은 뒤를 돌아다볼 수가 없었다. 그 애의 방에서는 언제나 자물쇠가 철컥철컥 채워지는 소리가 들리는 듯했다. 돌아 보기만 해도 자기마저 그 속으로 갇히고 말 것만 같았다.

"대학생이라고 엄마가 많이 풀어주셨나 보구나. 여행도 다니고. 난 가정교사가 새로 왔나 했지?"

"가정교사요?"

"혼날 줄 뻔히 알면서도 가정교사 새로 오면 친구네 집에서 자고 오고 그랬잖아."

"맞아요. 그랬어요."

민희가 옛날처럼 배시시 웃었다.

"할 수만 있다면 우리엄만 지금도 가정교사를 두고 싶을 거예요. 하긴 2학년 때까지도 있었잖아요."

"그거야. 어울려 지내며 피아노 배우라고 선배한테 방을 하나 내준 거라며."

"그게 그거죠 뭐."

민희엄마는 민희만 데리고 재혼을 했다. 민희 위로 두 남매는 전남편에게 두고 왔다고 들었다. 그녀는 민희를 잘 키우려고 재혼한 사람처럼 민희에게 집착했고, 그만큼 요구도 많았다. 재혼 후 낳은 아들한테는 그리 유별나게 굴지 않는데다가 재혼한 남편의 자식들에겐 차별이 더했다. 민희에게만 방도 따로 주고, 피아노를 시키면서, 끊임없이 과외 교사를 붙였다. 민희가 엄마를 못 견뎌 했던 건 당연했다. 은진은 부풀대로 부풀어서 조금만 건드려도 빵 터지고 마는 풍선처럼 팽팽한 민희를 잠시 묶고 있는 끈이었다.

만나고 싶었어요. 꼭 그래야 한다고 생각했어요.

은진은 방금 민희가 했던 말을 속으로 되뇌어 보았다. 무엇이 또 저 애를 여기까지 불쑥 오게 한 걸까? 오고 싶다는 마음이 들게 하는 것과 행동으로 옮기게 하는 것은 같으면서 또 다른 걸 거였다.

어떻게 변한 걸까?

"과 친구들이랑 여행한다고 했어요. 걔들은 정말 여행 중이고요."

"같이 가지 그랬어."

"여기가 더 오고 싶었어요."

"떠나고 보니까 토요일이에요. 토요일에는 언니가 집에 갈 거라는 생각을 못했어요."

민희의 목소리에 실망이 실렸다.

"글쎄?"

월요일에 재입원하신 어머니는 아직도 병원에 계셨다. 만성 신부전증으로 고생하셨는데 합병증이 생겨 더 심각한 상태가 된 것이다. 새언니 말로는 어머니가 병원에서 혈액 투석을 받고 지쳐 돌아올 때마다 이제 그만 떠나도 될 텐데 하고 말끝을 흐리신다고 했다. 막내딸이 혼자인 게 맘에 걸리는 것이다. 토요일이니 어머닌 늦도록 은진을 기다릴 것이다. 하지만 은진은 정희도 찾아야 하고, 거기다 민희까지 와 있다.

"아니야. 가지 않으려고 했었어."

어렵게 내린 결정이 민희의 얼굴을 환하게 만들었다.

"여기서 조금만 더 기다려야겠다. 종례 끝내고 올게."

은진은 민희를 음악실에 두고 나왔다. 여행은, 목적지가 있다 해도 낯선 곳에 저를 홀로 내버려 두게 하는 거니까, 혼자 있는 시간이 더 필요할 것이다.

교무실에 교감선생의 자리가 비어있었다. 논밭, 산속까지 뒤져서라도 정희를 찾아내라고 호통을 치더니 이른 버스시간에 맞춰 벌써 나가고 없었다. 매일 통근하기는 어려운 거리라 하숙이나 자취를 하는 교사들은 토요일이면 정류장으로 달려나갔다가 월요일 새벽차를 타고 돌아왔다. 담임을 맡지 않은 교사들은 토요일이면 버스시간을 재면서 교감 눈치만 살폈다. 양어깨에 학교를 지고 다니는 것처럼 구는 교감도 토요일이면 한 시간이라도 일찍 나가려고 좌불안석이었다. 주말, 학교의 일은 일직과 숙직교사 몫이었다.

은진은 아이들에게 결석하지 말라고 당부를 하며 종례를 마쳤다.

민희를 데리고 나오는데 운동장의 정적이 다시 깊어져 있었다.

"어머, 시냇물이네."

"강이야."

강둑 위로 올라서서 민희는 다시 탄성을 질렀다.

"동화 속 같아요."

"그러니?"

동화 속 같은 곳을 사람들은 왜 그렇게 떠나고 싶어 할까?

'엄마가 집을 나간 건 아빠 때문이래요. 아빠가 술 먹고 엄마를 많이 때렸거든요. 그런데도 아빠는 엄마가 동네 공사장에 왔던 기술자랑 눈 맞아 도망갔다고 그래요. 아빠가 술 먹으면 나도 엄마를 닮았을 거라면서 막 때려요.'

아내와 딸을 때려 차례로 가출하게 만든 정희아빠는, 민희가 동화 속 같다는 그 강에서 고기를 잡는 어부였다. 보호자 직업란에서 처음 어부를 보았을 때, 아버지는 바다에 나가 있고, 가족은 이곳에 있는가 보다고 은진은 여겼다. 보호자의 직업란에 어부라고 쓰는 아이들이 한 반에 몇 명씩 있었다. 농사를 짓지 않고 강에서 일하는 걸로 살림을 꾸려가는 집들이었다. 주로 민물고기를 잡아 파는데 윗동네 저수지 근처에는 나룻배를 여섯 척이나 가지고 있는 어부도 있고, 어떤 아주머니는 여름 한철 다슬기를 주워 냉장고를 샀다고도 했다.

딸아이가 가출을 했는데도 담임과 연락이 닿지 않는 정희아빠는 강물과 물고기 외에는 도무지 관심이 없는 사람이라며 동네사람들은 이구동성으로 그를 알코올중독자라고 했다.

교감선생은 은진을 부를 때마다 닦달했다.

"자퇴서 한 장 준비해서 보내요. 아버지하고 연락이 안 되면 할머니 도장이라도 받아다가 처리해 놓도록 하라구요."

자퇴를 시키면 정희는 다시 학교에 다닐 기회를 잃을 것이다. 자퇴서가 처리되기 전에 정희가 돌아와야 했다. 집에선 아무 관심이 없고, 학교로부터 가출신고를 받은 파출소에서도 아무런 소식이 없었다. 은진의 가방 속에는 교감선생이 내민 자퇴서가 들어있다. 민희가 오지 않았으면 지금쯤 혜순이와 같이 다시 정희네 집을 찾아갔을 것이다. 자퇴서로 정희아빠의 침묵을 깨뜨릴 수 있을지, 그리고 완강하게 입을 다물고 있는 혜순이에게서 무슨 정보라도 알아낼 수 있을지 모르겠다.

혜순이도 엄마가 없다. 엄마를 찾으러 나간 아버지까지 소식이 없어서 혜순이는 지금 혼자서 학교에 다니고 있다. 혜순이를 보는 은진의 시선은 아슬아슬하기만 한데 아이는 의외로 담담하게 생활을 잘 꾸려가고 있다. 아버지가 곧 돌아올 거라

이미숙소설 당신의 이름은

는 희망을 가지고 이웃에 있는 친척집에서 오라고 해도 못들은 체했다. 주말이면 도시에 나가 있는 언니가 다녀간다고 했다.

"매일 이렇게 둑길을 걸어서 출퇴근하는 거야?"

"그렇게 좋아 보여?"

"너무 신비해. 다른 세상 같아요."

"낯선 곳이라 그럴 거야. 나도 처음엔 그랬어. 내가 사는 집은 저기 저 둑 밑에 있는 집이야."

미끄러지듯 비탈길을 내려가 돌담 앞에 선 민희의 눈이 반짝 빛났다. 은진은 문득 민희의 고향은 어디일까 생각했다. 저 애가 지금 이 사립문에서 고향을 지어내고 있는 건 아닐까 하는 안쓰러움을 누르며 방문을 열었다.

"방이 참 아늑하네."

세 평도 되지 않는 방안을 민희는 한참이나 둘러보았다.

"저 친구분은 뭐 하세요?"

민희가 대학생이었던 영민의 모습을 기억해냈다. 책상에 놓인 사진 속에서 영민이 환하게 웃고 있었다. 그는 싱글벙글 잘 웃는 사람이었다.

"글쎄."

지붕 아래 갇혀 있는 게 답답해서 견딜 수가 없어. 그가 웃지 않는 얼굴로 고백했었다. 보안법에 걸려 재판을 받고, 배낭을 메고 떠돌기 시작하면서부터 낚시터나 야영지가 그의 잠자리가 되었다. 배낭 속에 그의 집이 들어있었다. 그 속 어딘가에 그의 웃음이 접혀 있을 것이다.

며칠 전에도 영민은 또 떠날 준비를 하는 중이라며 전화를 했었다. 낚싯대를 접어 배낭에 넣고 어딘가를 향해 걷고 있을 것이다. 이곳에 들를 때도 오래 머무는 법이 없었다. 가까운 곳까지 왔다가 전화만 하고 가는 경우도 종종 있었다.

"방문을 열면 내가 있을 거야. 어젯밤엔 네 방 불빛이 보이는 곳에 자리 잡았지. 방에 불이 꺼지고 네가 잠든 후에 난 네 꿈을 낚으려고 애썼어."

"낚아서?"

"그 꿈속에 들어가서 주인공이 되는 거야."

"난 어제 꿈꾸지 않았어. 그리고 내 꿈은 떠돌지 않아."

"그런 거 같더라."

강에서 그는 어쩌면 정희아버지를 만났을지도 모르겠다. 대어를 낚는 비법이라도 배울까 하고 영민이 그에게 말을 걸었을지도 모른다.

"글쎄, 그 사람은 지금 어떻게 살고 있을까?"

민희의 시선이 영민과 은진이 웃고 있는 사진 앞에서 한참을 머물렀다. 돌아보는 민희의 눈이 동그래졌다. 두 사람이 헤어진 걸까 추측하고 있을지도 모른다.

　방문을 닫고 앉자 피로가 먼저 어깨에 내려앉았다. 출근길에 정희네 집을 다녀오는 바람에 하루 종일 긴장이 끊이지 않았다. 신기한 듯 작은 방을 자꾸 둘러보는 민희를 두고, 은진은 벽에 등을 기대고 앉아 눈을 감았다.

　멀리서 버스 지나가는 소리가 들렸다. 혼자 벽에 등을 대고 앉아서 멀리서 차 지나가는 소리를 들으면 덩달아 마음이 흔들리고는 했었다.

　"숟가락은 몇 개 있어?"

　민희가 물었다.

　"응?"

　"내가 집을 떠나고 싶어 안달할 때마다 언니는 빈 종이를 꺼내놓고 그럼 우선 떠날 준비나 해보자, 그랬어. 생각나?"

　"그래."

　은진이 피식 웃으며 고개를 끄떡였다.

　우리에 갇힌 맹수처럼 우르릉대던 민희는 문을 박차고 나갈 기회만 노렸다. 그때 그 애가 가장 부러워한 사람은, 일 년만 있으면 대학을 졸업하고 어디론가 떠나게 될 은진이었다.

　민희가 흠흠 목청을 가다듬고 연극 대사를 외우듯 입을 열었다.

"가방은 양손에 하나씩 두 개만 들기로 하고, 그 안에 꼭 담아가고 싶은 거부터 순서대로 적어. 나가면 우선 예쁜 숟가락부터 사고, 밥공기 하나, 국그릇 하나. 아니다. 두 개씩은 있어야겠다. 누구 반가운 사람이라도 찾아오면 밥은 먹여야지…."

은진은 연습장에 늘어나는 물건 목록만큼 희망으로 꽃이 피던 민희의 얼굴을 기억해냈다. 금방이라도 튀어나갈 수 있을 것처럼 즐거워하던 민희를, 은진은 또 다음 말로 금방 울리곤 했다.

"그거 준비하려면 시간이 좀 걸리지. 그때까지만 참아. 그냥 참는 게 아니고 꼼꼼하게 준비하고 힘을 기르면서 기다리는 거야."

허리까지 곧게 펴고 은진의 목소리를 흉내 내던 민희의 표정에 먹구름이 꼈다.

"언니, 나도 이제 졸업하면 떠나야 하는데…. 그런데 정말 내가 떠날 수는 있는 건지, 어디로 가야 하는 건지 모르겠어…."

민희의 목이 꺾이며 얼굴이 앞가슴에 닿았다. 한참을 말이 없었다. 은진의 눈꺼풀도 그만큼 무거워졌다. 자꾸 내려 감기는 눈 속으로 정희네 마을이 보였다. 사람 하나 없는 마당에 유리막대처럼 꽂히는 햇살자국이 늘어만 갔다.

"새삼스럽게 나는, 내가 누군지 모르겠어."

민희가 은진의 무릎에 엎드렸다.

"아버지를 찾아가야 하는지, 나를 찾으러 그곳에 가야 하는지 모르겠어."

누구나 자기 혼자 풀기 어려운 과제 하나씩은 가슴에 품고 살아가기 마련이다. 민희는 그곳으로 향하는 발걸음을 주저하며 이리로 옮겼을 것이다. 은진은 선뜻 대꾸해줄 말이 떠오르지 않았다.

지난 수요일에는 사회과 박 선생의 이임인사가 있었다. 더이상은 어린아이를 떼놓고 나오는 일은 할 수 없다고 갑자기 사표를 냈다. 간단한 이임인사를 하고 내려온 박 선생이 교장을 따라 안으로 들어가고, 기회를 만난 교감선생이 전교생을 상대로 가출에 대한 훈화를 길게 늘어놓았다. 운동장 위로 흙먼지를 일으키며 버스가 지나갔다. 은진은 처음으로 언제쯤 나는 이임인사를 하고 저 버스를 타고 떠날 수 있을까 하고 생각했었다. 이곳이 정말 내가 오고 싶었던 곳이었을까 하는 생각도 꼬리를 물었다. 떠나고 싶은 욕구와 안주하고 싶은 욕구 사이에서 갈등하는 것 또한 신이 인간에게 내린 가혹한 형벌 중의 하나일 거라는 생각도 했다. 사람들은 떠나는 꿈을 꾸며 끊임없이 배를 만들고 자동차와 비행기를 생산해낸다. 그리고 또 안주하기 위해서 집을 지으며 가족을 이루기 위해 필사적이었다.

버스 지나가는 소리가 다시 들리며 방안의 침묵을 흔들었다. 은진은 자신의 허벅지를 적시는 민희의 눈물에도 속수무책으로 눈이 감겼다.

사람들이 빽빽이 줄지어 선 전철역 모퉁이에서 무슨 소리가 들렸다.

"정희야!"

벌떡 일어섰지만 달려 나갈 수가 없다. 무릎이 무거웠다.

"정희야!"

누구도 쳐다보지 않았다.

"정희야!"

줄지어 선 사람들 가운데 한 사람이 고개를 돌렸다. 낚싯대를 맨 영민이었다. 그가 유일한 구경꾼이었다. 그를 향해 한 걸음 내디뎠을 때다. 제복 입은 사람들이 우르르 몰려와 앞을 막았다. 누군가가 끌려가는 게 분명했다. 누굴까 고개를 빼는데 놀라 자지러지는 정희의 울음소리가 먼저 들렸다.

"정희야!"

정희가 은진을 돌아다보았다. 얼굴이 눈물범벅인 채로 달려오던 아이가 주춤주춤 뒷걸음치며 손짓을 했다. 은진의 무릎

이미숙소설 당신의 이름은

을 차지하고 민희가 자고 있었다.

"가! 너는 저리로 가. 나는 정희를 만나야 해."

발을 구르다 눈을 뜬 은진은 꿈속과는 달리 맞은편 벽 아래 웅크리고 앉아있는 민희를 보았다. 방바닥에는 민희의 눈물이 떨어져 있었다.

"미안해. 어떻게 꿈까지 꾸면서 잠을 잤다니. 우리 반 아이가 가출을 했는데."

"정희?"

"어떻게 네가 걔 이름을 알아?"

"언니가 자면서 이름을 여러 번 불렀어."

꿈이 선명해서 은진은 민희의 얼굴을 살폈다. 민희에게 저리 가라고 소리쳤던 것 같은데, 그럼 그 소리도 들은 것일까?

"정희가 일기에 썼었어. 죽고 싶다고. 일기를 쓰나 안 쓰나만 조사하는 거지만 아이들은 내가 읽는다는 걸 알고 있겠지. 그걸 보고도 아무런 말이 없으니 실망했을 테고."

"그것 때문에 정희가 가출했을까?"

민희의 목소리에 조금은 화가 묻어났다.

"도와주지 못한 게 마음에 걸려. 죽고 싶다는 건 도와달라는 비명소리였겠지. 죽음이라는 극한상황으로 저를 내몰고는 다시 태어나고 싶은 거지. 너도 그랬잖아."

민희의 책가방에서 수면제 뭉치를 발견하고 은진은 기겁을 해서 민희엄마와 마주 앉았다. 은진의 이야기에 얼굴이 하얗게 질려가던 민희엄마는 흐읍 - 숨을 가다듬고 부엌으로 가서 큰 유리컵에 물을 가득 따라왔다. 그리고는 민희를 불러 물과 약봉지를 도로 내밀며 한 알도 남기지 말고 다 삼키라고 말했다. 엄마를 무섭게 노려보던 민희가 물컵을 집어 들었고, 알약도 꺼내 들었다. 민희엄마의 눈 속에 얼핏 눈물이 도는 듯도 했지만 숨소리도 들리지 않는 정적만 방안을 움켜쥘 뿐이었다. 정작 숨이 막혀 죽을 뻔한 건 은진이었다. 약봉지를 빼앗아 움켜쥐고 뛰어나가 하수구에 쏟아붓고는 헛구역질까지 했었다.

은진은 다시 피로를 느꼈다. 어머니가 병원에 재입원하는 걸 보고 내려오는 길에서 은진의 피로는 극에 달했었다. 병원에 모시고 가는 거 외에는 달리 해 드릴 게 없어서 은진은 맥이 빠졌다. 피로는 아마 무력감 때문에 깊어진 질병일 것이다. 어머니는 그만 아프고 싶다고 했다. 어머니는 곧 은진이 알지 못하는 세상으로 떠날지도 모른다. 이미 은진은 영민을 떠나게 했고, 정희도 떠나게 했다.

은진은 민희의 손을 잡았다.

"뭘 도와줄까? 도와줄 게 없어서 너도 곧 실망하며 나를 떠나겠지."

민희가 고개를 저었다.

"내가 무슨 수험생인가? 도움을 구하게? 그냥, 언니를 만나러 오고 싶었을 뿐이야."

"그래. 같이 있기만 해도 되는 건데. 같이 걷기만 해도 되는 건데…."

"걱정 마. 잠깐만 같이 있다가, 잠깐만 같이 걸어보고 갈게."

버스주차장 옆 공터에 장이 섰다. 새빨간 고추가 담긴 망태기에서 매큼한 냄새가 나며 재채기가 터졌다. 새벽까지 두런거리느라 눈꺼풀이 무거운 은진과 민희의 눈에 알밤 더미 위로 쏟아진 햇빛이 곰실거렸다.

은진이 사 온 차표를 받아들고 민희가 머리를 쓸어 올리며 미소 지었다. 새벽녘에 은진이 먼저 잠들었고, 창호지 문을 뚫고 들어온 햇빛에 눈을 떴을 때도 먼저 민희가 '잘 잤어?'하고 인사를 건넸다. 개구리 소리와 밤을 지새웠는지, 어쩌면 짧은 꿈속에서 저 혼자 피 흘리며 싸움을 했는지 물어보지 않았다. 돌아가는 버스 안에서 그 지독한 피로가, 아직 해결되지 못한 성가신 생각들을 잠재우는 진통제 역할을 해 줄지도 모른다.

"나 어디로 가야 돼?"

민희가 눈을 찡그려 차표를 읽으며 응석을 피우듯이 물었다.

"네가 떠난 곳. 그리로 다시 돌아가기 위해서 떠났던 거잖아."

"그런 셈이네."

민희가 순하게 고개를 끄덕이며 다시 미소를 지었다.

음료수라도 사다 줄까 싶어 상점 쪽을 돌아보는데 빨간색 옷이 얼핏 은진의 눈을 찌르고 사라졌다. 은진이 한두 걸음 옆으로 옮겨 섰다. 빨간 점퍼가 버스 뒤에서 나와 매표소 담 뒤로 숨었다. 걸음을 떼는 은진의 가슴이 쿵덕거렸다. 담 모퉁이로 다가가서 은진은 우선 한숨을 토해내고 입을 열었다.

"정희야!"

잠깐 동안의 정적이 은진의 귓속을 아프게 메웠다.

"선생님!"

울음덩이로 변한 아이가 귓속의 정적을 찢으며 가슴으로 뛰어들었다.

"잘못했어요. 선생님."

은진은 정희의 얼굴부터 살폈다.

"이젠 거의 다 났어요."

"그래."

"혜순이가 자기네 집에 숨어있으라고 했어요. 아빠 눈에 뜨

이미숙소설 당신의 이름은

이면 또 맞는다고요."

혜순이의 꼭 다문 입술이 떠올랐다. 상처 난 친구를 어른들에게 맡기고 싶지 않았던 것이다. 어느새 은진은 아이들이 믿을 수 없는 어른이 되어버린 게 가슴이 아팠다.

"엄마를 한번 찾아가 보려구요. 그런데 엄마가 어디 있는지 모르겠어요, 선생님."

"네가 정희구나."

민희가 곁으로 다가오더니 정희 어깨에 팔을 두르며 말했다.

"기념 촬영 좀 해줘. 돌아온 탕아와 길 떠나는 탕아."

은진은 씩씩해진 민희의 넉살에 그나마 얼굴이 좀 풀렸다.

"정희 너, 선생님 꼭 붙잡고 있어. 내가 너네 엄마 어디 계시나 찾아볼게. 엄마 찾아 나서는 건 나중의 희망으로 여기, 네 가슴에 품고 살아야 하는 거야. 알았지?"

눈물 자국을 매단 얼굴로 정희는 어리둥절한 채 고개를 끄덕거렸다. 민희는 가방을 뒤적여 귀여운 강아지캐릭터 필통을 꺼내어 안을 살피고는 통째로 정희의 손에 쥐어주고 버스로 뛰어갔다.

문이 닫히고 버스가 움직이기 시작했다. 민희가 손을 흔들었다. 은진은 정희의 손을 잡고 민희가 보이지 않을 때까지 손을 흔들었다. 떠나는 길과 돌아오는 길이 비틀어 묶인 실타래라는 걸 민희는 알았을 것이다.

방에 들어와 한 차례 더 눈물바람을 한 정희를 아랫목에 재우고, 전화벨이 울릴 때까지 은진도 잠깐 잠이 들었다.

"어머니가 혼수상태에서 잠깐 깨어나셨다. 곧 떠나실 것 같으니까 마음 단단히 먹고 올라와라."

"알았어요. 오빠."

은진은 정희의 이마를 쓸어주고는 후들거리는 손으로 벽을 짚고 간신히 일어섰다.

바둑이와 영희와 철수처럼

사진 찾아왔어. 쓸데없이 무슨 사진을 이렇게 많이 찍었느냐는 말부터 나올 거야. 사진기에 들어있던 필름을 다 쓰고 새 필름을 두 번이나 더 갈아 끼워서 딸깍 소리가 날 때까지 찍었으니까. 지금 그 사진들을 방바닥에 죽 펼쳐놓고 앉아있어. 시간은 참 이렇게 무수한 찰나로 이어지는 거라는 생각을 하면서. 우리 머릿속 주름 속에는 또 얼마나 많은 찰나들이 들어있을까도 생각하면서. 사진관에서 준 필름 꾸러미를 형광등 불빛에 비추어 보듯이 우리 기억도 그렇게 차례로 펼쳐볼 수 있을까? 매실처럼 시기도 하고, 풋감처럼 떫기도 하고, 곶감처럼 달큰하기도 하고, 씀바귀나물처럼 쌉쓰름하기도 할 텐데 말이지.

사진 속의 그 집은 사진 찍으면서 마주했을 때보다 덜 낡아 보인다. 초록이파리들과 어울려 윤기도 나 보이고. 아무래도 사진은 보는 사람의 추억이 한몫 거드는 거니까. 사진만 그런 가? 사람 보는 눈도 마찬가지더라. 친구들 주름살 보러 간 건 아니지만 그래도 중학생 애까지 둔 아줌마들을 만났는데 어쩜 그리 초등학교 때 얼굴만 보이는지, 한참 이야기를 나누다가 눈을 다 깜빡거려 보았다니까. 30년 전에 그리로 소풍 나왔던 애들이 그 냇가에 다시 앉아있는데, 눈이며 웃는 입매가 그대로더라. 남자애들도 그랬어. 남녀 반으로 갈라진 오학년부터는 한 교실에서 지낸 시간이 많지 않아 여자애들처럼 그때의 표정이 오롯이 살아나는 건 아니었지만, 그 큰 덩치들을 이룬 세월은 읽히지 않고 얼굴에서 자꾸 옛 모습만 찾게 되는 거야. 나만 그랬던 건 아니야. 경수와 혜순이도 저희 차로 나를 터미널에 데려다주면서 계속 걱정을 하는 거야. 거기서 나고 자라 결혼까지 하고 자식 키우며 사니까 저희는 그곳 어른노릇에 익숙하고, 잠깐 다니러 왔다가 돌아가는 나는, 걔들 눈에 여전히 초등학생이었던 거지. 듣다못해 내가 한마디 했어.

이 나이에 내가 우리집 못 찾아갈까 봐?

깔깔 웃으면서 헤어지는데, 영화 한 장면이 생각나더라. 마법의 힘으로 잠깐 어른 행세를 하던 아이가, 사귀던 여자가 돌아보고 있는 마지막 장면에서, 다시 꼬마로 변하는 거. 버스는 부르릉 출발하고, 나는 목이 꺾이도록 뒤를 돌아다보았어. 거

이미숙소설 **당신의 이름은**

기 누군가 후루룩 키 줄어드는 아이 한 명쯤 서 있을 것만 같았지. 아니면 초등학교 때 유난히 작았던 경수가 그때 키로 나를 배웅하고는 다시 덩치 큰 어른으로 쑥쑥 부풀어 오르는 모습이라도.

강둑의 초록만 시야 가득 푸르게 들어차더라.

너는 왜 오지 않았니? 보고 싶다고 했다면서.

회사에 급한 일이 생겼거나, 친척의 결혼식이 있다거나, 아이가 갑자기 아팠거나, 뭐 그런 일들이 있었겠지. 어떤 다른 생각이 그날 아침 너의 마음을 붙잡았을지도 모르고.

나도 동창회에 오라는 연락을 받았을 때 선뜻 가겠다는 약속은 하지 못했어. 가족모임이 있는 걸 핑계로 주춤거렸지. 전화를 끊고 나서 가만히 내 속을 들여다보아도 마음은 잘 보이지 않더라. 떠나기 전날 잠자리에서도 가야 하나 말아야 하나 고민을 했어. 부질없이 망설이거나 무엇에 마음이 홀리거나 하지 않는다는 나이를 훌쩍 넘기고도 그거 하나 결정하기가 쉽지 않더라.

무엇 때문에 마음먹기가 그리 쉽지 않았을까?

그날 아침에도, 터미널에 가서 차를 탈 수 있으면 갔다 오고 일요일이라 차 시간 맞추기 어려우면 그냥 집으로 올 거야, 그렇게 말했어. 계획 없이 움직이는 걸 못 견뎌 하는 남편이, '터미널까지 갔다가? 하며 어이없어 하더라. 초등학교 동창회에 간다니까 남편이 더 재밌어 했거든. 고향생각만 해도 마음이 푸근해져 입이 벙글어지는 사람은 고향에 마음이 닿을 때마다 속살이 한 뼘씩 긁히는 사람들을 이해하기 힘들겠지.

  빨리 가고 싶어서 길이 덜 막히는 일요일 아침에는 전철보다 택시가 더 빠를 수 있다는 남편 말을 들었던 건 아니야. 마을버스를 타고 가서 전철을 타고, 중간에 전철을 한 번 더 바꿔 타고, 그렇게 가고 싶지가 않았어. 먼 시간에 닿으러 가는 길인데, 수선스럽지 않게 여유가 좀 필요하다는 생각을 했어. 어쩌면, 택시를 타고 가면 중간에 덜 망설일 것 같아서였는지도 몰라. 늘 막히던 동부간선도로를 그렇게 훌쩍 지나보기는 처음이야. 눈 깜짝할 사이에 터미널에 도착했고, 손에 돈을 쥐고 버스시간을 묻는 나에게 매표소 아가씨는 거스름돈부터 내밀며 두말도 없이, 얼른 타시라고 재촉하는 거야. 아침인데, 그걸 놓치면 밤을 새야 하는 막차라도 타는 것처럼 버스 앞으로 달려갔고, 밖을 살피며 핸들을 틀기 시작한 버스 문이 다시 활짝 열렸어. 나 때문에 열린 문 앞에서 뒷걸음을 칠 수는 없었지. 40분마다 있다는 차가 방금 떠났다 해도 하나도 아쉬워하지 않으면서 천천히 표를 사고, 커피도 마시고, 가면서 읽을 책도 한 권 사도 되는데. 우습지? 숨이 턱에 닿도록 달려가도 손끝에서 놓치는 일이 허다한데, 그날은 이리저리 꽁무니를 빼려던 나를 순식간에 버스에 잡아채 넣더라. 집 나온 지 30분도 채 되지 않아 버스를 탔다는 소리에 전화기 저편에서 남편은, 거 봐라, 일요일 아침에는 택시가 금방 간다니까, 하면서 흡족해했어.

생각보다 훨씬 좁은 길에 자동차까지 빽빽이 들어찬 학교 앞은 당연히 낯설었지. 총동문회 현수막 아래에 서자 변덕스런 아이처럼 또 그냥 돌아가고 싶다는 생각이 들었어. 담배라도 사러 나오는 길이었는지 교문 밖으로 나오던 동창이 대뜸 아는 척을 하는 바람에 학교 안으로 따라 들어가서 이름을 적고, 회비도 내고 그랬어. 뭐가 그리 일사천리인지 참 이상한 날이었어. 이름은 떠오르지 않는 그가 친구들 있는 곳으로 데려갔고, 손을 흔드는 친구들과 인사를 했지. 그래도 낯가림은 가시지 않았어. 운동장 느티나무의 초록은 그대로 싱그럽고, 기초공사할 때 우리가 단체로 돌을 날랐던 터에 번듯한 강당이 지어진 거 빼고는 달라진 것도 없는데, 행사 진행하는 마이크 소리 들으며 서 있자니 이상하게 발밑까지 서걱거리는 것 같았어.

그 운동장에 네가 있었더라면, 그 자리를 금방 떠나지 않았을까? 너와 이야기는 오래 했을까?

운동장에 서서 사촌오빠네 집에 전화를 걸었어. 사촌오빠에게 안부를 묻고는 새언니를 바꿔 달라고 했더니 외출했는데 곧 들어올 거라며 나보고 얼른 집으로 오라는 거야. 그걸 핑계로 친척어른에게 인사 좀 드리고 온다며 그 서먹한 운동장을 빠져나왔어. 너도 알지? 우리 사촌올케. 내가 온전하게 기억하는 첫 번째 선생님. 3학년 때 우리 담임. 우리집과 골목을 사이에 두고 살았었는데, 아파트로 이사하셨대.

시골 강가에도 아파트가 많이 들어섰더라. 거실의자에 앉아서 사촌오빠가 꺼내 온 주스를 마시다가, 화분을 구경하려고 베란다로 다가섰는데 바로 건너편에 학교 운동장이 보였어.

"저기가 남중이에요?"

사촌오빠의 대답도 듣기 전에 내 귓속에서는 와아, 짓궂은 함성소리가 먼저 들리더라. 세상에나, 읍내 신작로를 지나 다리를 건너고, 논 사이로 한참 걸어 들어가야 했던 남자 중학교가 사촌오빠네 베란다에 서니 바로 코앞이었어.

하필이면 그때가 청소시간일 게 뭐니. 우리 어릴 때는 주제 선명한 대회들이 참 많았잖아. 웅변 대회도 많았고, 글짓기 대회인가 포스터 그리기 대회인가, 아무튼 그날도 아마 반공이나 근면절약, 그런 제목으로 각 학교 학생들을 뽑아서 모이게 했을 거야. 장소가 네가 다니는 남중이었고.

이미숙소설 당신의 이름은

유리창 청소를 하던 아이들 중 누군가가 먼저 보았겠지. 남학생들의 마당에 나타난 여학생의 교복을 무심하게 보아 넘길 수는 없었을 테고. 그래도 몇 명이 별 뜻 없이 그저 몇 번 와아− 와아− 하다가 싱겁게 돌아섰을 텐데, 그런데 한 아이 눈에 포착된 내 얼굴이 곧장 그들의 기억을 타고 넘으며 한동안 잊고 있었던 이름에 닿았겠지.

남학생들이 우르르 유리창으로 몰려들었어.

야, 너 김영희, 정수 만나러 왔니? 서방님 찾으러 왔니?

종례를 하러 들어온 담임이 유리창에 매달려 맘껏 소리 지르는 애들을 붙들어 앉혔는지 소란은 곧 잠잠해졌지만 혼자 쭈뼛거리며 남학교 교문을 들어서던 나는 이미 반쯤은 혼이 나갔을 거야.

그날도 나는 너를 볼 수는 없었어. 떠들썩한 함성과 야유 속에 물론 너의 목소리는 없었겠지. 남의 모이통에 잘못 들어선 비둘기처럼 운동장에 서서 주춤거리던 나를 그때 너도 보았는지, 아이들 함성만 들었는지, 그 소리가 그 소리였다고 나중에 전해 들었는지. 청년이 되어 만났을 때, 내가 기억하는 그때를 너도 기억하는지 물어볼 걸 그랬네.

복도에 줄을 서 있다가 차례로 투표함 앞으로 들어온 아이들이 남자애들 중에서 너를 전교회장으로 뽑고, 여자애들 중에서 나를 부회장으로 뽑은 순간부터 우리 이름은 하나로 묶여버렸지. 낙서가 가능한 모든 공간에 삐뚤빼뚤 적혔던 두 사람의 이름. 높고 푸른 하늘로 고개를 치켜들고 모래주머니를 있는 힘을 다해 던지고 또 던져서 터트리면 형형색색의 반짝이 색종이가 군무를 쏟아내던 그 대바구니, 생각나니? 그때 우리 이름은 가을 운동장 허공에 치솟은 대바구니이기도 했고, 운동장에서 펄럭이던 청군백군의 깃발이기도 했어. 교과서에 실려서 합창으로 읽히던 바둑이와 영희와 철수처럼 한동안 우리 이름은 운동장을 가로지르고, 이 골목 저 골목을 휩쓸고 다녔어.

아이들은 혼자 마주치거나 가까이에서 만나면 입을 떼지 않고 지나쳤다가 고함을 질러야 소리가 들릴 만한 거리가 되면 마음 놓고 나를 너의 짝으로 호명하며 놀려댔지. 무리 지어 놀다가 어두운 밤이 되면 우리집 앞으로 달려와 영희야, 정수가 나오래, 소리치고는 달아났지. 그 바람을 타고 또 너희 집으로 우르르 달려가 그랬겠지. 정수야, 영희가 나오래.

그때 그 아이들을 그토록 맹목적으로 내달리게 했던 건 무엇이었을까? 그때 우리는 뭐든 단체로 하는 게 많았으니까, 개개인의 사랑도 그렇게 집단으로 새겨야 했던 세대라고 말하면 안 되나? 그 무렵 서양의 콘서트장에서 수천 명의 여학생들이 비명을 지르며 열광하는 모습과 크게 다를 거 없었다고 하면, 말이 되느냐고, 어디다 비교를 하느냐고 할까?

아이들이 너를 사랑하게 된 데는 너의 목소리가 한몫했을 거야. 너는 웅변을 잘했지. 반공이니 승공이니 툭하면 운동장을 쩌렁쩌렁 울려대던 그 열기가 아이들 가슴에 그대로 얹혀졌을 거야. 어른들과는 달리 애들은 내용이 뭐 그리 중요했겠어. 무지개를 쫓아 들길을 달리는 대신, 우리는 친구와 함께 군청 게시판을 오래 들여다보던 남자가 간첩일지 모른다고 뒤를 따라가야 했던 아이들이었잖니. 국민교육헌장 먼저 외우는 거로 총기를 뽐내고, 승공통일의 노래로 가창실력을 인정받고, 나는 공산당이 싫다고 절규하는 웅변 목소리가 아이들의 햇솜 같은 가슴을 울렁거리게 했던 거잖아.

영희야, 정수가 나오래. 사랑놀이는 들불 같고 산불 같았어. 오죽하면 그 소동 때문에 학부모 참석 하에 교무회의까지 열렸을까! 그런데 그때 그 아이들의 패거리 사랑을 두고 어른들은 모여앉아 무엇을 상의했을까? 궁금하네.

기억은 정작 궁금한 순간에 꼬리를 감추며 흐릿해지는 게 탈이야. 흙먼지처럼 부풀던 그 골목의 소꿉사랑도 차츰 가라앉았고, 초등학교를 졸업하며 아이들은 강을 사이에 두고 남중과 여중으로 분리되었지. 너와 나는 공식적인 학교행사 외에는 따로 말 한마디 섞지 않고 졸업을 했지. 아이들 등쌀에 그때 내가 너를 좋아했을까, 미워했을까, 잘 모르겠다.

그런데 그날, 남자 중학교 유리창에서 터져 나온 함성에서 내가 자유로울 수 없었던 것은 너의 누나한테 받은 목걸이 때문이었어.

나 정수 누나야.

고등학생 언니가 부른다기에 나가보니 너의 누나가 수학여행 가서 사온 거라며 조그만 상자를 내밀었어. 여중과 여고가 같은 울타리 안에 있었는데, 여고생 언니들을 선생님보다 더 어려워하던 때니까 나는 말도 못하고 얼굴만 붉히고 말았을 거야. 그 상자 속에는 하얀 알이 박힌 목걸이가 들어있었어. 자수실과 바늘쌈을 넣어가지고 다니던 바느질함은 보석함이 되었고. 나는 누구에게도 그 목걸이에 대해서 말을 할 수가 없었어. 언니가 주고 간 그 목걸이가 또 다른 주술의 시작이었던 것 같아. 너네 누나는 그때 무슨 마음으로 그 목걸이를 주고 간 건지, 지금 생각해보면 좀 어이가 없기는 해. 새 운동장에서 새봄을 맞이하며 그제야 혼자만의 사춘기로 걸어 들어가는 소녀의 길목을 막고 서서, 별다른 설명도 없이 말이지.

고향친구들로 다시 뭉친 아이들과 함께 네가 우리집에 놀러 왔을 때도, 같이 너의 누나를 보러 갔을 때도, 그 목걸이 얘기는 꺼내지 못했지. 오랫동안 내 안에서 금기였던 얘기를 꺼내려면 때도 가리고 장소도 가리고 그러는 법이잖아.

  주스를 다 마시고, 사촌오빠와 다른 친척들 안부까지 시시콜콜 다 나누었는데도 사촌올케는 집에 들어오지 않았어. 운동장 가서 친구들 만나고 새언니 들어오면 다시 오겠다며 집을 나섰는데, 곧장 친구들 곁으로 돌아가지지가 않았어. 핸드백에 들어있는 사진기를 만지작거리다 택시를 타러 갔지.
  "이번에는 회장하고 부회장이 나서서 도와줘야지."
  전화 속의 그 소리를 그대로 새겨들었던 건 아니야. 내가 무슨 도움이 될 거라고도 생각하지 않았어. 이번 총회는 우리 동기들이 일을 맡아서 해야 한다며, 연락을 맡은 친구가 어떻게든 한 사람이라도 더 오게 하려고 모든 인연의 고리를 던져보는 거라고 여겼어. 동창회 준비야 한 달에 한 번씩은 꼭 만나면서 재미있게 잘 지낸다는 고향친구들이 어련히 잘 알아서 할 텐데 새삼스럽게 내가 도와줄 일이 어디 있겠어. 그런데 그 소리를 들은 순간부터 무언가 내가 해야 할 일이 있는 것 같았어. 허울만 남은 이름이라도 돌려주고 싶었어. 아무도 내가 무얼 갖고 있다는 생각은 하지 않을 텐데, 껍데기도 남지 않은 이름이라도 거기 동창들에게 떼어주고 싶다는 마음이 생겼어. 그러면서도 걸음이 선뜻 나서지지도 않았어. 그때 덧붙인 구실이 아마, 아흔아홉칸 집 사진 찍으러 가야겠다는 거였을 거야. 떠나는 날 아침에도 작은애가 엄마, 어디가 하고 묻는데, 응, 동창회 갔다가 사진 좀 찍어오려고 해, 했어. 동창회에 가는데, 핸드백에 사진기와 필름을 챙겨 넣으면서 무슨 숙제라도 하러 가는 양 굴었던 거야.

그 고장의 자랑이었던 아흔아홉칸 집은 초등학교 때 우리 반 순미네 친척이 살고 있었어. 순미가 친구들을 데리고 가 집 구경을 시켜주곤 했었지. 입구가 길었고, 그늘이 서늘하게 드리워져 있었고, 신비로운 향기를 자아내던 솔숲을 지나 첫 번째 대문 안으로 들어가서, 경첩 소리가 삐걱거리는 또 다른 대문을 열고, 또 열고, 몇 번째 대문에 들어섰을 때였는지 순미가 문고리를 잡아당기니까 그 안에 꽃가마가 놓여 있었어. 우리는 상상 속의 대궐마당을 밟은 것처럼 와아, 탄성을 질렀지.

그 후에도 몇 번 그곳을 갔었는데, 이번에는 혼자 가서 사진만 잔뜩 찍어왔네. 대청마루에 걸린 현판을 풍경에 넣어 찍은 것도 있고, 현판글씨가 보이도록 가까이에서 찍은 거며, 파란 하늘과 기와지붕만 도드라지게 찍은 것도 있고, 수해 때 무너진 걸 다시 쌓아서 흙 색깔이 층이 지는 돌담, 나무를 넣어 칸칸이 나눈 벽과 창호 문, 그 집에 살고 있는지 두 아이가 걸어

나오고 있는 마루, 댓돌, 마당, 열리고 또 열리던 기억 속의 대
문들도 찍고 또 찍었어. 마당구석에 서 있던 포크레인도 찍혔
네. 대학생 때 너하고 갔을 때도 무너진 돌담 곁에 포크레인과
자갈더미와 황토 흙더미가 있었잖아. 지난번 홍수로 담이 또
많이 무너졌나 봐.

그 집에서 한참 사진을 찍고 나오다 혜순이 전화를 받았어.
어디 있는 거냐고. 학교행사는 얼추 다 끝나 가는데, 나는 혼
자 한나절을 다 보내고 있었던 거지. 우리 동기들은 끝나고 솔
밭에 모이기로 했다며, 다른 기수들도 눈독을 들이고 있는 장
소니까 먼저 가서 자리 잡아야 한다며 경수가 솔밭에 가서 먹
을 과일을 챙기러 나온 길에 나를 태워가겠다고 했어. 아니라
고, 내가 아는 곳이니까 금방 가겠다고 그랬어. 초등학교 때 우
리 단골 소풍지였잖아. 행사천막들이 빼곡하게 들어차 있는
운동장에는 들르지 않고 뒤풀이장소로 곧장 가려니 미안했어.
그런데도 서두르지는 않고 이번에는 버스를 탔어. 잠깐이지만
한적한 길을 따라 벼들이 자라는 논들도 보고, 울울창창 짙은
녹음 사이로 뿜어져 나오는 산 냄새도 맡고, 창밖으로 가만히
손바닥을 세워 바람도 느끼면서, 기울어가는 한낮의 평화로움
을 가슴에 담았지. 왼쪽으로 주유소가 보이고 그 뒤로 산모퉁
이로 꺾어드는 산길을 보았을 때까지는.

아버지 산소 가는 길이네.

그 말이 튀어나오고 나서 나는 아마 한숨을 쉬었을 거야. 동창들 만나는 일과 사촌오빠네 인사 정도만 염두에 두었지 고향에 오면서 아버지 산소 생각은 하지 못했어. 성묘는 오빠 몫이라고만 생각했던 탓도 있지만, 맞아, 그랬던 것 같아. 고향에서 온 전화, 동창회에 오라는 전화를 받던 때 나를 휘감았던 머뭇거림은, 반가움보다는 슬픈 느낌부터 들었던 것은…. 내 고향은 먼저, 아버지의 고향이었으니까. 아버지가 거기 계시니까. 그런데도 나는 아버지 산소에 갈 생각은 하지 않고, 사진기만 대신 챙겨들고 나섰던 거야.

버스가 서는 게 보였나 봐. 경수가 길 쪽으로 나오면서 손을 흔들더라. 경수가 손을 흔들고 있지 않았더라면 나는 뒤돌아서서 아버지 산소에 갔을까?

솔밭입구쪽 냇가에도 공사를 하느라 주황색 포크레인이 느리게 윙윙거리고 있었어. 초록이 가득한 들판이 너무 조용해서 포크레인 소리가 귀에 더 걸렸던 것 같아.

친구들은 돌판을 얹어 고기를 굽느라 모여 서 있었고, 둘러앉아 수박을 쪼개 먹고, 한쪽에서는 고스톱을 치고 있었어. 술잔이 몇 번 돌자 친구들은, 고향 떠난 친구들은 오래간만에 고향에 온 기념으로 노래 한 곡씩을 부르라는 거야. 혼자는 못 부른

이미숙소설 **당신의 이름은**

다고 버텨서 나는 여럿이 함께 불렀지. 친구들과 같이 노래를 부르면서 어린 시절의 무안함과 외로움이 조금씩 풀어지는 걸 그 애들은 알았을까? 노래가 끝나고 앉았을 때, 선희가 그랬어.

야, 너네 생각나니? 학생회 회의 때 쟤가 앞에 나가 애국가 지휘하면 우리는 뒤에서 딴 따다단, 결혼 행진곡으로 바꿔 부르며 킥킥거렸던 거.

나는 생각난다며 선희의 등짝을 한번 쳐주었고, 다른 아이들은 생각이 나는지 마는지 그냥 따라 웃기만 했어. 그때는 참 꼬마애들에게 회의도 자주 시키고, 때마다 애국가를 부르고 그랬지. 학교행사로 선생님들과 학생대표 여럿이 불우이웃돕기를 하러 가서 기념촬영을 하고 온 다음 날에, 너하고 둘만 사진관에서 사진을 찍었다고 꾸며대 놀리던 아이들 중에 아마 선희도 있었을 거야.

그날은 누구하고도 네 이야기를 따로 하지는 않았어. 누구는 연락이 되지 않고, 누구는 일 때문에 오지 못했다더라, 전하는 틈에 네 이름도 불리는 걸 들었을 뿐이야. 그날 나에게 너를 언급한 사람은 우리엄마였어. 터미널에 내려 버스를 바꾸어 타러 가면서 엄마에게 전화했는데, 동창회에 갔다 오는 길이라니까 너도 왔더냐고 묻더라. 이름은 기억이 나지 않는지 너의 삼촌 이름을 대며 그 동생이라고 말하는 걸, 나는 동생이 아니고 조카라고 바로 잡지도 않았고, 이름도 말해주지 않고 그냥, 안 왔어요, 그 소리만 했어.

엄마는 몇 살 때의 너를 기억하며 물었을까?

우리집은 중2 때 다시 고향을 떠났고, 대학생이 된 고향친구들이 다시 뭉쳐서 우리집에 놀러 왔을 때 너도 같이 왔었지. 엄마가 너를 기억했고, 너의 삼촌 안부를 물었어. 우리 아버지와 친구였잖아. 너는 그때 재수생이었고 가끔 나에게 전화를 해왔지. 내가 친구들과 여행 가는데 네가 따라오기도 했고, 기차를 타고 너의 누나네 학교를 찾아가기도 했지. 우리보다 늦게 학교를 들어간 너는 곧 입대를 했는데, 부대에서였는지 외출을 나와서였는지, 나에게 전화를 걸어서는, 야— 소리만 긴 비명처럼 지르고는 끊었지. 그게 마지막 통화였어.

여자 친구로 와주기를 기대했던 거니?

그때 너를 가슴 아프게 했다면 미안해. 그게 어떻게 다른 사랑이었는지는 설명하기 쉽지 않으나, 너는 그냥 성이 다른 나였던 것 같아. 고향이라는 이름 뒤에 서 있는 사랑. 우리가 우리의 이름으로 다시 만났을 때 나는, 젊은이의 특권이라도 되는 것처럼 나 자신에게서 벗어나려고 애를 쓰느라, 그 사랑에도 인색했을 거야. 집단의 깃발에서 벗어나 우리가 나로 바뀌는 시간이 부족했겠지. 그날 비명처럼, 신음처럼 울리던 너의 소리를 담은 전화기를 내려놓으면서 오히려 나는 우리의 주술에서 우리의 소꿉 사랑에서 온전히 풀려났던 것 같아.

정수가 너 보고 싶다더라. 그 소리는 혜순이한테 들었어. 집에 잘 도착했다고, 배웅해줘서 고마웠다고 전화하니까 혜순이가 그러더라. 경수가 너랑 통화했는데, 내가 왔었다는 소리를 듣고 네가 그 말을 했다고. 네가 왔으면 우리는 무슨 이야기를 하며 웃었을까?

너를 만나 이야기를 나눌 수도 없었고, 아버지의 산소에도 가지 않았고, 새언니도 만나지 못하고 왔어. 터미널에 도착하기 전에 다시 연락했더니 아직 집에 들어오지 않았다는 거야. 오랜만에 지인을 만나 속리산을 들어갔는데, 잠깐 바람만 쐬고 올 거라고 집에 말도 하지 않고 갔다가 늦어졌다고, 나더러 자고 가라고 했다며 전화 속에서 사촌오빠가 붙잡는데 그냥 돌아왔지.

새언니가 집에 있었더라면 그 집에 사진 찍으러 같이 갔을 거야. 그 집은, 그 마을 사람들 집에 객지 손님이 오면 구경시켜주러 가는 곳이었잖아. 경치도 보고, 옛날 기와집 마당을 밟으면서 이야기도 하고. 그곳 마루로 나와 있던 아이한테라도 부탁해서 새언니와 같이 사진을 찍었을 거야. 같이 찍지 못했더라도, 언니, 저기 화단 앞에 한 번 서보세요, 초등학교 때 담임선생님 사진이 한 장도 없거든요, 그랬을 거야. 그러면 햇빛 환한 마당에서 너도 한 장 찍어라, 하면서 새언니가 그 집에 서 있는 내 사진도 한 장 찍어주었겠지.

방바닥에 사진들만 가득하게, 나는 그렇게 고향을 다녀왔어. 혼자 가서 집 사진만 잔뜩 찍고는 아버지 산소와는 반대 방향으로 걸어가는 내 모습을 보고 아버지는 뭐라고 하셨을까?

어머, 가슴에서 쿵 소리가 났어. 방바닥에 무릎을 괴고 앉아 사진을 들여다보고 있었으니까 다행이지 커피잔을 손에 들고 있었더라면 출렁 커피를 쏟았을 테고, 사진기를 들고 있었더라면 손에서 떨어뜨렸을 거야. 서 있었더라면 풀썩 주저앉았을지도 몰라.

무엇 때문에 그리 사진을 많이 찍어야 했는지 생각이 날 것도 같아. 그 집 사진을 찍으러 가는 게 목적인 것처럼 사진기를 들고 나섰던 이유, 새언니와 그 집을 같이 가고 싶었던 까닭도 알 것 같아.

친구들과 순미네 그 집에 구경을 갔다 온 어린 나에게 우리 할아버지도 아흔아홉칸 집을 지녔었다고 말해준 사람이 나의 담임선생님인 새언니였어. 할아버지의 집은 누군가 그대로 뜯어다가 어딘가에 다시 옮겨지었다는 거야. 좋은 목재로 지은 옛날 집은 그렇게 옮겨 다니기도 했대.

아버지 장례식에서 울고 있는 내 등을 쓸어주며 새언니가 그랬었지. 그만 울어, 너는 아버지의 자랑이었어. 그 소리에 나는 도리질까지 치며 더 울었어. 아니요, 잘못했어요, 부모상 당하면 삿갓을 쓰고 다녔다는 말이 무슨 소린지 알 것 같아요, 그렇게 대답했던 것 같아. 영정사진 앞에서 쏟았던 울음, 그건 슬픔이라기보다는, 귀한 접시를 깨뜨리고 놀라서 우는 아이의 울음소리랑 더 닮았다는 생각이 들어.

전학 간 3학년 첫날에 받아쓰기 시험을 보았는데, 틀린 개수대로 손바닥을 맞는 아이들 틈에 서서 나도 매운 회초리로 한 대를 맞았어. 집에 돌아와서는 한참을 엉엉 울었지. 배우지도 않은 걸 시험 본 게 억울해서가 아니었어. 내가 운 건 뭐든 잘해야 한다는 부담 때문이었을 거야.

직장을 그만두고 고향으로 이사한 아버지의 실업은 나의 부끄러움도 되었을 거야. 나는 담임인 새언니 앞에서 짐짓 명랑한 척 굴 수도 없었고, 시름 어린 표정도 지을 수 없었을 거야. 그저 묵묵히 성실한 아이여야만 했어. 새언니도 그랬을 거야. 나를 그저 묵묵히 보고만 있었겠지. 그때 사촌오빠의 상황도 아버지와 별로 다르지 않았었거든. 아, 이번에 새언니를 만났더라면 내가 우연히 새언니 담임 반에 순서가 닿았는지 전학생인 나를 일부러 그 반으로 넣었는지 물어볼 거였는데.

이 사진들을 찍어온 걸 보니까 무의식 속의 내 어린 꿈은 아버지에게 집을 지어드리는 거였나 봐. 너의 누나가 목걸이로 나를 다시 가두었던 것처럼 새언니는 담임으로 나를 깃발로 키우기 시작했던 거야. 전 학교에서 먼저 배워온 승공통일의 노래도 시키고, 아흔아홉칸 집의 효심도 주문하고. 아니다, 누가 시켰겠어? 내가 그랬겠지. 어느 위인전을 보고 누군가를 흉내낸 거겠지. 그런 꿈은 소리 내어 말하고 같이 키우는 건데, 속에만 담아 두고 있다가 깨트린 접시처럼 울고만 말았으니.

고향에도 다녀오고, 이렇게 너를 향해 이야기를 시작한 것도 잘한 것 같아. 이렇게 오래 걸릴 일도 아니었는데…. 나는 거기에 무엇을 두고 오려 했던 걸까? 깃발로 휘둘리던 사랑? 아흔아홉칸 집의 효도? 손바닥 통증으로 새겨진 책임감? 이름 뒤에 서 있던 사랑은, 이름 하나는, 거기 우리가 살던 고향에서 부부로 살고 있는 혜순이와 경수에게 잘 떼어놓고 온 것 같아. 그애들이 거기 살고 있어서 좋았어.

이제 방바닥의 이 사진들을 치워야 하는데. 정수야…, 이걸 치우면 유년의 꿈자락에서 여태 끌고 온 그 무엇도 치워질까? 그것이 치운다고 치워질까?

희자언니

희자언니는 태곳적부터 거기 살았던 사람처럼 천연덕스레 소파에 엎드려 있다. 종아리를 움직일 때마다 언니의 가슴과 아랫배와 골반뼈를 받치고 있는 낡은 가죽소파가 조금씩 쿨렁거렸다. 오십을 코앞에 둔 아줌마의 다리치고는 생뚱맞을 정도로 뽀얗고 갸름한 종아리다. 게다가 품 안에 쏙 들어올 만큼 자그마한 체구에 긴 머리채를 늘어뜨리고 있다. 밤낮 입고 뒹구는 면 원피스에는 자잘한 꽃무늬까지 박혀 있어서 언뜻 보면 나들이 나온 처녀의 뒷모습이다. 게다가 언니 곁에는 자식이 없다. 그 나이에는 자식얘기를 입에 달고 살기 마련인데 언니 혼자 달랑 소파에 엎드려서 리모컨만 주무르고 있으니 분위기로는 아직도 한참 어린 처녀.

하지만 그런 것들은 눈만 깜박해도 곧장 사라지고 마는 신기루 같은 것이고, 한 걸음만 다가앉으면 세월과 담배에 전 신산한 얼굴이 금방 고개를 돌리게 했다. 그나마 잠깐씩 눈속임을 당하는 것은 언니의 커다란, 아무것도 담겨있지 않은 눈 때문이다.

소파를 들어내고 청소라도 활활 돌리고 싶은 마음을 누르고 딱히 살 것도 없는 장을 보러 나서는 길이었다. 그 속에다 대고 언니는 기어코 또 한마디를 보탠다.

"슈퍼 가니?"

대꾸도 없이 얼른 신발을 꿰차고 문을 쿵 닫았지만 언니의 뒷말까지 따돌릴 수는 없었다.

"담배도 한 갑 사와라."

같이 살던 친구가 아들네 집에 가면서 깜박 잊고 열쇠를 가져갔다는, 그래서 엎어진 김에 자기도 며칠 쉬어 갈 거라는 말도 되지 않는 거짓말을 하면서 우리집에 들어선 뒤로 언니는 눈치 없는 누렁이 새끼처럼 소파를 차지하고 누워 꿈쩍도 하지 않았다. 텔레비전 리모컨까지 틀어쥐고서 말이다.

애들이 거실로 나오면 어머, 애들아 저거 좀 봐. 너무 웃기지 않니, 하면서 팔을 잡아당겨 곁에 앉히는 통에 애들은 저희가 보고 싶었던 프로 얘기는 꺼내보지 못하고 주춤거리다 그냥 방으로 들어갔다. 집에만 오면 텔레비전 앞에서 떠날 줄을 모르는 남편도 언니 손에 들어가 있는 리모컨을 어쩌지 못하고 흘끔거리다 방으로 들어가 잠을 청했다. 남편과 아이들 깜냥으로는 손님대접을 하느라 참고 있을 것이다. 출장에서 돌아와 보니 말만 들었지 얼굴은 익힐 틈 없었던 사촌처형이 사흘이 아니라 삼 년쯤은 같이 지낸 티를 내고 있으니, 장단까지는 맞춰주지 못해도 텔레비전이야 하루 이틀 더 참지 뭐, 그랬을 것이다. 언니는 어머, 니네 애들 참 착하다야, 신랑도 매너 좋고, 하며 입을 막고는 그만이었다. 하루 이틀이 아니라 보름씩이나.

처형이 오셔서 이 사람 심심하지 않고 좋겠네요, 허허, 하면서 중국으로 출장을 떠난 남편도 어제는 전화에다 대고 놀란 듯이 물었다.

"아직도 안 가셨어?"

남편은 요즘 중국에 컴퓨터부품 공장을 차려놓고 그쪽으로 출장이 잦다. 출장에서 돌아오면 과일을 먹으며 텔레비전을 보다가 꾸벅꾸벅 졸기도 해야 하는데, 남편이 길게 누워 뭉그적거리던 소파에 언니가 마냥 배를 깔고 엎드려 있는 것도 볼썽사납지만 그보다 더 고약한 건 도대체 언제까지 그러고 있을 건지 알 수가 없다는 것이다.

가야 되는데 왜 이렇게 연락이 없을까, 하고 언니가 중얼거릴 때도 있기는 하다. 자기 집에 들어와 앉은 사람도 문득 어딘가 돌아가야 할 곳이 있는 것처럼 만드는 저녁어스름 무렵이면 미간까지 찡그리면서, 내일은 가야 되는데, 하고 중얼거리는 사람한테 언제 갈 거냐고 다그쳐 물을 수는 없는 노릇이다. 다만 날마다 그 소리만 하는 게 답답할 뿐이다. 같이 사는 언니친구가 아들네 집에 가면서 언니 열쇠까지 가져갔다는 얘기는 눈곱만큼도 믿기지 않지만, 그 친구아들네 집이 어딘지 확인해보고 싶은 마음은 굴뚝같다.

경비실에서 그냥 뒤돌아서야 했다. 그 날, 외출에서 돌아오는데 경비실 작은 창문이 열리며 아저씨가 손짓을 했다.

손님이 기다려요.

얼른 달려가 보니 경비실 의자에서 희자언니가 작은 가방 하나를 들고 일어섰다. 나는 금방 언니의 행색을 꿰찰 수 있었다. 같이 살던 사람에게 손해를 끼쳐 더 이상 같이 지내기 어렵게 되었거나, 골치 아픈 연애사건을 일으켜 잠깐 숨어 지내야 하거나 둘 중에 하나일 것이었다. 큰어머니가 돌아가신 후로는 집에도 못 들어가고 떠돌이생활을 한다고 들었다. 언니가 큰집오빠네 집으로 갈 수 없는 이유는 내가 들은 것만 가지고도 열 손가락을 꼽고도 남았다. 오빠의 물건 중에서 값나가는 것만 집어다 팔아먹는 것은 그렇다 치더라도, 사이가 좋을 리 없는 올케하고 벌써 몇 번이나 머리채를 잡고 뒹굴었다고 했

이미숙소설 당신의 이름은

다. 그나마 큰어머니가 살아계실 때하고는 큰집오빠네 분위기가 또 다를 것이었다.

언니가 함박웃음을 지으며 내 손을 잡는 그 짧은 순간에, 저 싫어하는 기색을 보이는 집에서는 하룻밤도 안 잔다더라, 엄마의 말이 생각나 머릿속이 복잡해졌다. 언니가 내 손을 움켜쥐고 놓지 않았는지 내가 차마 손을 뺄 수 없었는지는 잘 모르겠다.

언니의 수선에 떠밀려 가방까지 받아들고는 떨떠름하니 현관문을 여는데 거실에서는 전화벨이 울리고 있었다. 엄마는 마치 내가 외출하지 않고 집에서 전화를 받았더라면 언니를 보내지 않았을 것처럼 어디를 갔었느냐고 타박부터 했다. 며느리 눈치에 밀려 언니를 우리집으로 떠밀고는 딴청이었다. 결혼 초에는 멋모르고 희자언니를 몇 번 집에 들였던 올케가 이번에도 그러라고 했을 리가 없다. 허리를 다친 엄마가 방에서 얼른 나오지 못하는 사이에 올케는 시어머니 눈치를 살피는 시늉도 없이 언니를 돌려세웠다고 한다. 그러지 않아도 오늘 중으로 꼭 갈 데가 있다며 너스레를 떠는 희자언니한테 엄마는 우리집 주소를 적어주었다.

언니가 오던 날 남편은 마침 출장 중이었다. 사위가 집에 없으니 하루 이틀 맘 놓고 묵어가도 될 거라고만 생각했지 출장에서 돌아온 사위가 다시 출장을 가서 돌아올 때가 되었는데도 저렇게 눌러붙어 있을 거라고는 엄마도 예상하지 못했을 것이다. 하기야 미리 알았더라도 어쩔 도리가 없었을 테지만 말이다.

엄마가 시집 왔을 때 희자언니는 콧대 높은 시댁아기씨였다. 여자들은 이상하게 시댁 서열에 관한 고정관념에서 쉽게 벗어나지 못했다. 아픈 허리를 손으로 받치고 간신히 택시를 타고 우리집에 다니러 와서도 엄마는 먼저 떠드린 밥을 언니 앞으로 밀어주고, 내 눈흘김에도 아랑곳없이 국그릇마저도 언니를 먼저 챙겼다. 엄마는 허리 아픈 거보다 언니와 내가 어떻게 지내고 있는지 궁금한 걸 참는 게 더 어려웠을 것이다.

큰집에서 내가 태어났을 때 희자언니는 여학생이었다. 내가 유난히 앙앙 울고 보채서, 큰집에서 시집살이를 하던 엄마는 나를 안고, 희자언니 좀 봐라, 우리 아가도 그만 울고 얼른 커서 저 언니처럼 예쁘게 교복 차려입고 학교 가야지, 그러면서 뜰 안을 서성댔다고 한다.

그러나 정작 내가 교복을 입고 학교를 다니게 되었을 때는 누구도 나에게 희자언니처럼 되라고 말하는 사람은 없었다. 우리가 큰집에 같이 살 때도 희자언니는 혼이 나면 우리 방으로 쪼르르 숨어들어 잠을 같이 자고는 했다는데, 그 버릇은 우리가 큰집에서 분가해 나온 후에도 그대로 이어졌다. 큰집에

이미숙소설 **당신의 이름은**

같이 살 때 언니의 잘못이라야 언니가 친구들을 안방까지 데리고 들어가 장롱 속의 옷을 아무거나 꺼내 입고 나갔다가 혼나거나, 큰집오빠 물건을 탐내다 쥐어박히고 오빠 성질 건드린다고 큰엄마까지 회초리를 드시는 바람에 도망치는 게 고작이었을 것이다. 분가한 후에, 그러니까 내가 학교에 다닐 때, 우리 집으로 숨어든 언니는 며칠이나 이불을 뒤집어쓰고 끙끙 앓았다. 아버지와 엄마가 쉬쉬하며 우리들 입까지 막는 분위기 때문에 나는 언니와 같이 자는 게 더 싫었다.

언니는 졸업과 동시에 언니가 다니던 여상 서무과에 취직이 됐다. 콧등이 오뚝하고 도톰한 입술에 종달새처럼 재재거리는 목소리로 누구에게나 웃으며 이야기하는 언니는 애들한테도 어른들한테도 인기가 좋은 편이었다. 그런 언니가 첫 직장에서 쫓겨나고 말았다. 미처 입금시키지 못한 학생들 수업료를 들고 다니며 펑펑 써버렸다는 것이다. 겁도 없이 공금에 손을 댈 수 있게 길을 터준 사람은 큰아버지라고, 언니가 마음을 잡지 못하고 떠도는 건 부모 탓이라고, 사촌결혼식에서 어른들이 수군대던 소리를 들었다. 물려받은 유산이 상당했던 큰아버지는 광산에 투자를 했다가 큰 손해를 보고 나서 남은 돈으로 버스운송사업을 했다. 가세가 기울기 시작하는 때라 그랬는지 그것도 운이 닿지 않았다. 사업을 시작하자마자 버스사고가 났다. 사고처리를 하는데 현금이 필요하자 큰아버지는 언니가 수납하고 있는 학교 돈을 빌려다 썼다. 언니가 다니던 학교는 제법 규모가 큰 사립재단이었다. 큰아버지가 약속한 날짜에 돈을 돌려주지 않을 때마다 언니는 장부를 조작하는 방법으로 위기 넘기는 걸 터득했고, 한동안 언니를 눈감아 주던 서무과 직원과는 사랑하는 사이가 되었다.

엄마와 같이 병원에 가서 서무과장의 아이를 지우고 온 언니가 우리 방에서 훌쩍이다 까무룩 잠이 들었던 시간에 나는 내 이불 속에서 맴을 돌았다. 이튿날 엄마는 쯧쯧거리며 언니의 이불과 내 이불 호청을 뜯어 빨았다. 언니는 하혈 때문에 나는 초경 때문에 우리는 엄마가 쓰던 기저귀를 차고 나란히 누워 있어야 했다.

주산실력이 좋아서 언니는 취직도 쉽게 잘 했고, 그때마다 또 끊임없이 금전사고나 연애사건을 일으켜 쫓겨나기도 잘 했다. 언니는 술을 마시고 담배를 피기 시작했으며 거짓말로 종종 자기를 삼켜버렸다. 어디서부터 어디까지가 거짓말인지 몰라서 자기도 헷갈려 하는 표정이 역력했다. 품 안에 쏙 들어오게 생긴 예쁘장한 외모 때문인지, 조금만 잘해줘도 아무한테나 폭 엎어지는 성격 때문인지, 나이 지긋한 직장상사들 모두 언니를 안고 싶어 안달을 했다. 물론 언니 또래의 잘 생긴 청년과 사랑에 빠진 적도 있었다. 브래지어와 슬립을 만드는 공장의 경리로 있을 때다. 그러나 언니를 만난 그 청년의 어머니는 사랑에 눈먼 아들을 앉혀놓고 어제와 오늘이 다른 언니의 말을 조목조목 따져가며 언니의 거짓말로부터 아들을 구해갔다. 그 청년이 거짓말이라고는 손톱만큼도 못하게 생긴 여자와 결혼을 하던 날, 언니는 수면제 한 병을 삼키는 소동을 벌여서 한밤중에 또 우리엄마는 병원으로 달려가야 했다.

희자언니의 가방 속에는 언제나 비상연락장소로 큰집이 아니라 우리집 주소가 적혀 있었다. 아버지가 언니를 돌봐줬던 건 가까이 사는 삼촌으로서 마땅히 할 일이었겠으나 어릴 때 나는 언니가 아버지 친딸일지도 모른다는 상상을 한 적도 있다.

할아버지 재산으로 이 사업 저 사업 벌이던 큰아버지는 나이 차 많이 나는 동생인 우리 아버지에게 유산을 나눠줘 독립을 시키는 대신 허울 좋은 부사장 직위만 안겨주어 큰아버지 곁에 두었다. 큰아버지의 심부름과 사업장 주변사람들과 시간을 보내는 게 아버지의 일과였는데, 점점 기울어가는 가세에 반비례 곡선을 그리며 치솟는 큰아버지의 울화를 받아내는 것 또한 아버지의 주된 업무였다. 재산이 바닥을 보이면서 큰아버지의 권세는 땅으로 떨어졌는데 허세는 오히려 하늘을 찔

렀다. 그때 큰아버지에게 가장 만만한 화풀이 대상은 희자언니였다. 말썽 일으키기를 기다린 사람처럼 때마다 언니를 두드려 패서 내쫓았고, 그럴 때마다 언니를 돌봐주는 아버지에게 애 버릇도 못 고치게 싸고돈다고 공 없는 소리를 해댔다.

언니는 가끔씩 한꺼번에 나이 먹은 얼굴을 하고 찾아와 아버지와 마주앉아 술을 마시기도 하고 돌아앉은 시늉만 하고서는 담배도 같이 피웠다. 이해할 수 없는 건 나이 어린 애인처럼 아버지 곁에 붙어 앉아 속닥거리는 희자언니에게 엄마가 싫은 내색 한 번 보이지 않는 점이었다. 얘기 끝에 펑펑 울기라도 하면 같이 붙잡고 울고, 병색을 하고 웅크린 채 찾아들면 어떻게 구했는지 비싼 우족을 고아 먹여 보내기도 했다. 공무원이 된 큰집오빠는 동생을 벌레 보듯 했고, 큰어머니도 큰아버지처럼 시시때때로 언니의 머리채를 잡아 흔들었다.

결혼하고 나서는 소식으로만 언니를 만났다. 친척들 행사에 가서 희자언니가 아이까지 낳고 잘 산다더라 소리를 듣고 오면, 뒤이어 남자의 부인이 나타나서 아이를 빼앗아 갔다더라는 소문이 뒤따랐다. 친구와 같이 남대문상가에서 화장품장사를 한다는 소문도 있었고, 상처한 남자와 결혼을 했다고도 하고, 그 집 아이들과 갈등이 심해서 금방 헤어졌다는 말들도 했다. 나는 언니가 하던 짓은 조금도 하지 않으려고 했다. 술과 담배를 하지 않았고 가출을 하지 않았으며 거짓말을 하지 않았다. 사람을 이용하지도 이용당하지도 않으려고 애를 썼고, 사람들에게 있는 대로 정을 퍼주지도 않았다. 엄마는 그런 나를 대견해 하기도 하고 혀를 차기도 했다.

나는 언니와 아주 멀리 떨어져 나왔다고 생각했다. 망각의 강이라도 건너온 것처럼 굴었다. 언니가 경비실에서 내 손을 잡고 흔들어대기 바로 전까지는 말이다. 어쩌면 그렇게 여태 내 턱밑에 살고 있었던 것처럼 단숨에 합쳐지고 말았는지, 어안이 벙벙할 뿐이었다.

언니의 손가방까지 받아들고 집으로 들어와서는 손님이 왔으니 손님대접을 해야 한다고 생각했다. 언니는 내게 손님이어야 했다. 즐거운 저녁식사를 하고 손 흔들며 돌아가야 했다. 장바구니를 집어 들었다. 남편이 출장 중이라 냉장고 속에는 어른들 반찬거리가 마땅치 않았다.

"뭐 사러 가는데?"

방 구경을 한다던 언니가 동작도 빠르게 내 팔짱을 끼고 나섰다.

"이모가 애들 과자 사올 틈도 없었다야. 입구에 슈퍼 있더라. 내가 갔다 올게."

심부름이라도 해주러 온 사람처럼 내 지갑을 가로채 들고는 현관으로 나가 내 슬리퍼를 꿰찼다. 뒤따라 나갈 수도, 손 놓고 앉아 기다리기도 어정쩡해서 나는 그만 유리창만 콰당콰당 열어젖히고 청소를 했다.

과자 사러 가는 애처럼 종달새 소리를 내며 나갈 때는 언제고, 언니는 장바구니를 식탁 위에 쏟아 부으며 또 금방 중늙은이 목소리를 냈다.

"배추김치 있니? 고추장 좀 넉넉하게 넣고 얼큰하게 두루치기나 해 먹자."

장바구니에서는 돼지고기 목살이 먼저 나오고 아이들 좋아하는 스낵봉지가 딸려 나왔다. 그리고는 이게 어디로 갔지, 하면서 헝겊바구니를 거꾸로 잡아 흔들었을 때, 그러니까 담배 한 갑이 식탁 유리 위로 떨어졌을 때 나는 그만 입술에 쥐가 나는 줄 알았다.

허겁스레 담배부터 빼어 무는 언니를 보고 베란다 창문부터 열었다. 현관 밖으로 나가 피우라고 말하지 못한 것은 아버지 얼굴이 떠올랐기 때문이다. 아버지는 돌아가시는 날까지도 담배를 피우시고는 눈을 감으셨다. 바람이 연기를 도로 집안으로 밀어 넣는 것을 아는지 모르는지 언니는 며칠 굶은 사람처럼 맛나게 담배를 피웠다. 그리고는 아이들 들어오는 소리가 나자 미련 없이 담배를 휴지통에 던지고는 요란스레 악수를 했다.

"어머머! 경호하고 영호구나. 누가 경호니? 너지? 안경 쓴 애?"

우리집 쌍둥이 구별하는 방법은 누구한테 들었는지 껴안을 듯 다가서서 등을 두드려대는 통에 아이들은 처음 보는 사람이 낯설어 쭈뼛거릴 틈도 없었다. 하루가 다르게 콧등이 거무스레해지는 중학생이다. 처음 보는 아줌마의 갑작스런 환대가 달가울 리가 없다. 그러나 언니가 아이들과 한데 엉겨서 낄낄거리며 만화책을 보는 데는 하루도 걸리지 않았다. 또한 언니의 최고 강점인 그 붙임성이 내 속을 뒤집어 놓는 데는 이틀도 걸리지 않았다.

빨래 갠 것을 가지고 들어갔더니 언니가 애들 책상에서 킥킥거리고 있었다. 만화책을 보는 줄 알았는데, 아이의 일기장이었다.

"뭐 하는 거야?"

왜 그렇게 불같이 화가 났는지 모르겠다. 그런 나에게 언니가 맹하게 한마디를 더 보탰다.

"지 꺼도 봤다고 하면 사람 죽이겠다야."

타는 장작에 기름을 부은 꼴이었다. 쓰지도 않는 일기장 타령에 나는 총 맞은 짐승처럼 고꾸라지며 튀어 올랐다. 언니의 말에 나는 다시 여학생으로 돌아가지 않을 재간이 없었다.

언니는 그때도 내 앉은뱅이책상 앞에 있었다.

직장에서 쫓겨난 희자언니가 큰아버지의 버스회사로 출근을 하던 때였다. 사업을 벌이는 데만 수완을 발휘했지 알차게 꾸려가는 데는 힘이 부족했던지 큰아버지 사업은 기울기만 했고, 돈은 사방으로 새어나갔다. 언니로 하여금 학교공금에 처음 손을 대도록 만들었던 그 버스사고가 그때도 또 일어났다.

큰아버지의 화풀이 대상이던 희자언니와 아버지는 그때 무슨 생각이었는지 의기투합하여 어처구니없는 일을 했다. 언니는 집에서 독립해 나갈 방이라도 한 칸 마련하고 싶었을 것이고, 아버지는 새 직장을 구할 동안에 쓸 비상금마련이 목적이었을 것이다. 경리를 보는 언니가 따로 떼어놓기 시작한 돈은 곧 큰아버지에게 발각되었다. 분을 참지 못한 큰아버지가 딸과 동생을 경찰에 신고해버렸다. 엄마가 가서 빌고 주변에서도 말리고 하여 도로 나오기는 했어도 큰아버지의 신고는 모두에게 큰 상처가 되었고, 아버지가 회사를 나오는 계기가 되었다.

그 상처가 사춘기에 접어든 내 일기장에 고스란히 박혔을 것이다. 그동안의 사건이, 어른들을 향한 원망이 거기 가득 적혀있었을 것이다. 누구도 쉽게 입을 열지 않았고 어린 경애까지도 보채지 않고 묵묵히 밥을 먹을 줄 알았던 시절이었다. 경찰서에서 나온 후로 희자언니는 집으로 돌아가지 않았고, 밤이

이미숙소설 **당신의 이름은**

고 낮이고 내 이불을 뒤집어쓰고 있었다.

학교에서 돌아오니 언니가 서랍 속의 내 일기장을 꺼내 읽고 있었다. 방문을 연 내 눈에서 아마 파란불이 뚝뚝 떨어져 내렸을 것이다. 그런데 나를 보자 정작 일기장을 집어던지며 발작하듯 울음을 터뜨린 건 내가 아니라 희자언니였다. 언니는 마치 나를 위해 경찰서를 다녀온 사람처럼 내 일기장 속의 원망과 저주를 억울해했다. 언니가 던진 일기장 모서리가 내 이마를 찢었다. 더욱 기가 막힌 건 엄마도 얼굴에 피가 흐르는 나를 세워두고 언니부터 달래는 것이었다.

언니도 그 일을 기억할 것이다. 아니 기억하지 못할 것이다. 까맣게 잊지 않고서야 내 앞에서 천연덕스럽게 일기장 운운은 할 수 없는 것이다.

"내놔!"

나는 매몰차게 경호의 일기장을 빼앗았고, 언니는 의자에서 일어나며 엉덩방아를 찧었다. 언니얼굴에 붉은 핏줄이 올라왔다 사라졌다.

"애들 일기장 좀 본다고 너."

"언니가 왜? 언니가 왜 우리 애들 일기장을 봐?"

엉덩방아를 찧은 건 언닌데 이번에는 내가 울음을 터트렸다. 무슨 말을 주고받았는지는 생각나지 않는다. 언니를 보는 순간부터 꾸역꾸역 차오르던 말들이 울음덩어리에 섞여서 제 가닥을 잡지 못했다.

아이들이 올 시간이라 얼른 세수부터 하고 슈퍼로 나섰다.

"담배도 한 갑 사와라."

다시 소파로 가서 엎드려 있던 언니가 덤덤하게 담배 주문을 했다.

대꾸도 않고 나와서는 공중전화부스부터 찾아 들어갔다.

"조금만 참아라. 오죽하면 너한테 눈칫밥 얻어먹고 있겠니."

"눈치나 있는 사람이면 내가 말을 안 해."

엄마는 여전히 전전긍긍 언니를 감쌌다.

"지 사정이 오죽 딱하면."

"딱하긴 뭐가 딱해요. 차라리 거지를 데리고 있는 게 나아."

"그럼 거지라고 생각하고 거둬. 입 밖으로만 내지 말고."

"거지는 불쌍하기라도 하지. 거지는 내 속을 휘젓지도 않을 거고."

"어른들이 걔를 그렇게 만들어 놨어. 부모 탓이야."

"그러니까 어른들이 책임져."

"애들 키우는 에미는 지 맘 내키는 대로 하고 사는 거 아니다. 자식 낳으면 남의 애도 그냥 못 보는 거다."

"아니, 애들 얘기는 왜 여기다 붙여요. 엄마한테나 애지, 나한테 희자언니는 어른이야. 왜 내가 언니를 거둬? 싫어."

"펄쩍펄쩍 뛰기만 하고 내치지도 못할 거면서."

"아니라니까."

전화를 끊고서도 나는 한참을 공중전화부스 안에서 숨고르기를 해야 했다.

학교에서 돌아오는 영호와 경호가 부르는 소리가 났다.

"엄마, 왜 공중전화를 하고 있어요?"

"응, 외할머니한테 할 말이 있어서."

"이모 때문에?"

경호가 싱긋 웃었다.

"아니야."

아니라고 말해도 영호까지 싱긋 웃었다.

"슈퍼 갈 건데 같이 가자."

슈퍼에서 아이들은 신나게 저희들 과자를 고르고는, 바구니에 이모가 좋아한다며 맛동산도 던져 넣었다.

경애가 딸기바구니를 사들고 왔다. 엄마는 희자언니가 온 날부터 경애에게 언니네 좀 가보라고 했을 것이다. 일기장 때문에 울고불고했다는 전화를 받고 나서는 아마 경애에게 싫은 소리까지 했을 것이다. 동생은 하는 수 없이 동네 친구에게 유치원 다니는 딸이 오면 맡아달라고 부탁하고는 출발하면서 전화를 했다.

"희자언니 우리집으로 데려가 줘? 걱정마. 우리집에서는 이틀도 못 버틸 거야. 그이가 좀 유별나게 깔끔을 떨잖아. 집에서는 담배도 못 피울 텐데 며칠이나 버티겠어? 자기 갈 데로 가겠지. 패물 간수나 잘 해. 한참 잘 지내고도 떠날 때 서운하게 하면 아무거나 들고 튄다며?"

희자언니와 경애는 요란스레 껴안으며 인사를 했다.

"언니네 집은 어디야?"

경애는 유치원생 제 딸처럼 언니에게 물었다. 희자언니는 약도까지 상세히 일러주며 놀러오라고 했다. 그러면서 혹 이사를 가게 될지도 모르겠다고 이사 가면 또 가르쳐주겠단다. 내가 보름이 지나도록 묻지 못한 사연을 경애는 5분도 되지 않아 줄줄이 끌어냈다.

언니의 이번 외출도 역시 남자 때문이었다.

"너 혼자 집에 있다가 그 마누라 쳐들어오면 어떡할 거야. 또 사단을 만들지 말고 나 귀국할 때까지는 절대로 이 집에 들어오지 마."

친구 말투를 흉내 내어 우습지도 않은 이야기를 전하면서 희자언니와 경애는 남의 말 하듯 깔깔거렸다. 언니의 우유부

이미숙소설 **당신의 이름은**

단함을 아는 친구가 언니가 집에 있으면 그 남자와 다시 만날까 봐 언니의 열쇠까지 다 들고 갔다는 소리는 그럴듯했고, 친구의 아들네 집이 미국이라는 소리에는 어이가 없었다. 하루 이틀 다니러 간 게 아니었다.

경애는 언니와 남산공원에 갔던 얘기를 신나게 떠들었다. 나하고 다섯 살 터울인 경애의 기억과 내 기억은 아주 달랐다. 경애가 희자언니에 대해 기억하는 대부분은 놀이동산에 데려가고, 맛있는 거 사주고, 선물을 안기는 거였다. 새로운 연애를 시작할 때면 언니는 종종 어린 경애를 데리고 남자들을 만나러 가곤 했다. 언니를 따라 나가서 예쁜 머리핀이나 과자를 안고 돌아오는 경애를 보면서도 나는 한사코 언니 손을 잡고 따라나서지 않았다.

"언니, 우리집에 가요. 우리집 구경도 하고 가야지."

"그럴까?"

희자언니의 눈과 내 눈이 딱 마주쳤다. 그 눈이 물었다.

나, 가래?

내 눈은 아마 풍랑 맞은 배처럼 흔들렸을 것이다. 간신히 배 난간을 부여잡고 말했다.

"그 집 가면 담배 못 피는데…."

"그렇지? 야, 나는 담배 피기 힘든 집하고, 청소 자주하는 집

하고는 궁합이 안 맞아. 우리 새언니 년은 나만 보면 꼭두새벽부터 한밤중까지 대청소야."

앞니에 딸기조각을 붙인 채 깔깔거리는 언니를 보는 순간 나는 아차, 혀를 깨물었고, 경애는 벌써 유치원 차가 왔을 거라며 홀가분하게 일어섰다.

울고불고한다더니 찰떡궁합이네 뭐, 그러면서 손을 흔들고는 가버렸다. 경애를 배웅하고 들어오니 소파에 누워 전화를 하던 언니가 전화기를 내밀었다.

"그래. 잘 했다. 어린애하고 정신없는데 그 집에 가면 쉴 수가 있겠니?"

잘 했다. 잘 했어. 왜 내가 잘 해야 하는데? 언니가 곁에 없었으면 엄마에게 그렇게 소리부터 질렀을 것이다. 경애네 집에서 무슨 일이 생기든 언니의 가방부터 현관으로 내놓았어야 했다. 그런데 내가 그러지 않았던 것이다. 화풀이도 할 수 없다. 도대체 무엇이 나를 막아서게 했을까? 언니를 돌아보다 눈이 딱 마주쳤다. 크고 깊기만 한 눈. 언니에게서 경호의 일기장을 빼앗아 들었을 때, 울음덩어리 속에서 원망이 터져 나왔을 때도 언니는 그 망연한 눈으로 나를 막아 세웠다. 세상의 모든 수모는 이미 다 흡수해 걸러낸 듯 텅 빈 눈 말이다. 언니의 그 표정에 또 힘이 빠져버리고 만 것이다. 어떤 음모가 저를 삼키기 위해 준비되어있는지도 모르고 텀벙텀벙 걸어 들어가는 그 무심한 눈망울이 경애네 집에서는 담배를 피울 수 없다는 얘기를 하게 했을 것이다.

엘리베이터가 열리자 안에 타고 있던 반장 아줌마가 반갑게 아는 체를 했다.

"마침 잘 만났네. 경호네서 반상회 좀 해."

"다음 달로 알았는데요."

가슴이 왜 쿵 내려앉았는지 모르겠다.

"영수네 차롄데, 잔치가 있어서 시골 다니러 간다잖아."

"안 돼요."

정색을 했나보다. 반장 아줌마의 눈이 똥그래졌다.

"다음 달에 할게요. 집에 손님이 와 있어요."

고개를 끄덕이는 반장 아주머니의 시선이 얼굴에 남아 화끈거렸다. 어떤 손님이 왔기에 그리 펄쩍 뛰는지 보러 올 것만 같았다.

경애에게 언니를 딸려 보내지 않았다고 내가 언니에게 맘을 푼 것은 아니었다. 언니는 내 상처였다. 나는 거기 언니가 없는 것처럼, 아니 사람이 없는 것처럼 굴었다. 그러나 그것도 쉬운 일은 아니었다. 아이들 앞에서까지 언니를 모른 체하기는 어려웠다. 언니는 내 묵묵부답에도 타고난 붙임성으로 집안을 서먹하지 않게 만드는 재주가 있었으며 여전히 소파에 엎드린 채로 나에게 담배심부름을 시키고 있었다.

슈퍼를 도는 발걸음까지 허둥거렸다. 남편이 돌아오면 아직도 소파에 엎드려 있는 언니에 대해 설명해야 할 것이다. 언니를 설명해야 한다는 건, 그건 내 상처를 설명하는 일이 될 것이다. 그는 자신이나 타인의 감정과 맞닥뜨리는 것을 아주 곤혹스러워한다. 도무지 가늠이 안 되게 엉켜있는 전축 뒷면의 전선들은 마술사처럼 한 가닥씩 뽑아내 소리로 연결해낼 줄 알면서도 울면서 떼를 쓰는 아이들의 단순한 욕구 앞에서는 속수무책 쩔쩔매다가 버럭 화를 내기 일쑤인 사람이다. 그에게 언니를 설명하는 것은, 언니로 인해 내 속에서 회오리쳐 올라오는 기억에 대해 그를 이해시키는 것은, 내 능력 밖의 일이다. 남편이 출장에서 돌아오기 전에 언니가 떠나주기만 바랄 뿐이다. 나를 초조하게 만드는 건 바로 그것이었다.

장바구니를 계산대에 올려놓고 담배 한 갑을 집어 들다가 나는 잠깐 손을 멈추고 망설였다. 오던 그 날부터 담배심부름을 시키지 않은 거로 인사치레는 했다고 생각했는지 다음 날부터 언니는 내 지갑을 가로채는 대신 슈퍼에 가는 등에 대고 꼬박꼬박 담배 한 갑을 주문했다. 한꺼번에 사다 놓으면 될 것을 나는

이미숙소설 **당신의 이름은**

또 무슨 힘겨루기라도 하듯이 꼭 한 갑씩만 사다 내밀었다. 나에게도 설명할 수 없는 이 고집스런 행동들은 다 무엇일까?

담배를 건네주는데 언니의 손이 닿기도 전에 담배보루가 소파 아래로 쿵 소리 나게 떨어졌다. 보루째 사 온 담배가 한 손에 잡히지 않았던 것이다. 언니가 머리칼을 출렁이며 몸을 일으켰다. 치렁거리는 머리카락을 손가락으로 슥슥 빗어 내리고 고무줄도 없이 자기 머리채로 머리를 돌려 묶으며 일어나 앉았다. 뜯고 또 뜯어서 담배 한 갑을 손에 쥔 언니가 물었다.

"이거 웬 거니?

들은 체도 하지 않고 부엌으로 향했다.

"말 좀 해라."

입을 열면 무슨 소리가 쏟아져 나올지 모르겠다.

"이거 한꺼번에 다 피고 꺼지라는 소리야?"

피식 웃음이 다 나왔다.

'아이구, 아궁이에 대고 불을 때면 밥이나 하지.'

안방으로 눈을 흘기며 엄마가 구시렁대던 소리가 생각나서였을 것이다.

"웃으니까 좀 낫다. 너는 나 때문에 골이 나서 그런 거니, 원래 표정이 그런 거니? 애들 얼굴도…."

"애들이 뭘?"

애들 소리에 또 걸려 넘어지고 말았다.

"엄마가 생글생글 웃고 있어야 애들도 표정이 밝지. 작은 엄마는야 사위자랑이 늘어지던데, 너 신랑하고 안 좋으니? 내가 관상을 좀 볼 줄 아는데…"

나는 입을 꽉 다물고 마늘통을 쾅 소리 나게 꺼냈다.

"너네 신랑 왔다가 지난번에 그냥 갔지? 아무리 쉬쉬해도 그런 소리는 더 잘 들리는 법인데."

"언니!"

마늘 꼭지를 자르던 과도가 손가락까지 벨 뻔했다. 출장에서 돌아와 보니 TV 소리를 줄여놓고 밤늦도록 소파에서 부스럭거리는 사촌처형 때문에 남편은 등을 돌리고 잠을 자고 다시 출장길에 나선 것이다.

"남 안 하는 걸 하고 사나, 애가 펄쩍 뛰긴 뭘 그렇게 펄쩍 뛰어. 너네 신랑은 급한 타입이니? 그래도 너, 그런 건 여자 하기 나름이다."

소리가 나게 마늘통을 밀쳐놓고 일어섰다.

"참견하지 마, 참견하지 말라고!"

"애, 그런 얘기는 서로 나누는 거야."

"언니하고 뭘 나눠? 남자한테 버림받은 얘기 말고 또 뭐 해줄 거 있어? 그 남자 기억나? 자기 목숨 다 바쳐서 사랑한다더니 밤에 도둑고양이처럼 숨어들어 와서는…."

　낮에 와서 언니를 만나게 해달라고 애걸복걸하다가 아버지에게 쫓겨난 남자가 밤에 언니 곁에 누워 있는 걸 깨달은 순간, 나는 벼락 맞은 아이처럼 몸이 굳어버렸다. 숨을 그렇게 오래 참을 수 있다는 것도 아마 그때 처음 알았을 것이다. 언니는 그 남자를 피해 아니, 더 정확히 말하면 그 남자의 아내를 피해 우리집에 숨어있었고, 엄마와 아빠는 언니한테 혼이 나가 있는 그 남자를 떼어놓으려고 애를 쓰던 중이었다.

　창에 아직 어둠이 걸려있었지만 새벽이었다. 나는 아마 오줌이 마려워서 깼을 것이다. 어쩌면 그 남자와 언니의 속살거림 때문에 잠을 깼을지도 모른다. 언니는 이제 그만 가라고 밀어내고 있었고, 남자는 날이 밝으면 당장 혼인신고 하러 가면 될 거 아니냐고 한 번만 더 하자고 언니를 달래고 있었다. 잠을 못 자서 죽을 것처럼 피곤하다는 소리에도 그 남자는 막무가내였다. 그 남자의 거친 숨소리에 언니가 비명을 질렀고, 나는 목이 터져라 엄마를 부르며 울기 시작했다.

　내 울음소리에 놀라 뛰어나온 엄마와 아빠는 쏜살같이 달아나는 그 남자를 붙잡지는 못했지만, 엄마가 정색을 하고 언니에게 싫은 소리를 하는 건 그때 처음 보았다.

　"바보같이 너는 별걸 다 기억하고 있다."

천연덕스럽다 못해 나른해 보이는 언니의 대꾸에 나만 또 불끈 화가 치밀었다.

"기억하고 싶어서 기억해? 언니 덕분이라고. 나는 정말 아무 것도 기억하고 싶지 않아."

"나는 그 남자와 사랑했던 순간만 기억해."

기가 막혀서 말이 나오지 않았다.

"그 남자가 나를 많이 사랑했어. 그럼 그만이야."

"사랑? 언니는 그 나이에도 사랑이라는 소리가 나와? 어떻게 그렇게 무책임한 소리를 할 수가 있어?"

"그때 그 사람이 나랑 결혼했으면 책임을 다한 거니? 나를 어떻게 책임지니? 식구들은 또 어떡하고? 사랑했으면 되는 거지."

세상에 아직도 사랑 타령이라니. 말도 안 된다고 소리치고 싶은데 생각과는 달리 목이 잠겼다. 어린 내게 공포를 안겨 주었던 새벽의 비명소리가 사실은 언니의 몸이 노래하는 희열의 소리라는 걸 알았기 때문이고, 경애가 들려준 이야기가 떠올랐기 때문이었다. 집에 돌아가서 엄마와 전화로 수다를 떤 경애가 그 밤에 전화를 했었다.

"불쌍하더라. 아직까지도 서로 좋은가 보던데 그렇게 피해 있으려니 그 속이 오죽하겠어?"

이미숙소설 **당신의 이름은**

경애도 엄마처럼 '오죽하겠어'라는 말을 썼다. 사랑 타령은 그러니까 언니한테는 아직도 진행형이었다. 나는 지금 언니를 찾고 있는 남자가 옛날에 나일론으로 브래지어나 슬립을 만드는 공장에서 경리를 볼 때 사귀었던, 그러니까 거짓말이라고는 손톱만큼도 못하게 생긴 여자와 결혼을 해서 언니에게 수면제를 먹게 했던 그 남자라는 것을 들었다. 게다가 또 언니가 낳은 아기를 데려갔다는 소문 속의 여자도 바로 그 남자의 부인이라는 것도 알았다. 그 남자가 내 기억 속의 남자들 중에서 어느 남자인지 내가 너무 많은 것을 기억하고 있는 것이 탈이었다. 그래서 나는 언니와 마주앉아 언니의 사랑이야기를 들을 수가 없는 것이다.

언니와 이야기를 나누기 시작한 건 꿈속에서였다. 방충망까지 열어젖힌 베란다 창으로 달빛이 쏟아져 들어왔다. 언니와 나는 거실에 가부좌를 틀고 앉아있었다. 재잘재잘 무슨 얘기 끝에 언니는 내게 주문을 외기 시작했다.

"이제 가슴을 풀어."

그 말과 동시에 내 가슴을 묶었던 끈이 풀어졌다.

"다리도 벌리고."

서늘한, 그러나 곧 따뜻한 물이 아래로부터 턱밑까지 차올랐다.

"언니!"

나는 아무것도 잡을 수 없는 두 손을 휘저으며 도움을 청했다. 거실바닥이 덜컹 내려앉아 버리고 몸뚱이 혼자 끈 없는 그네를 타고 허공으로 치솟아 올랐던 것이다. 턱밑까지 찰랑거리던 따뜻한 물은 어느새 다리 아래로 미끄러지는 중이었다.

"다리를 저어봐. 더 세게."

언니는 어느새 외발자전거를 타고 불이 붙은 동그라미 속으로 뛰어들고 있었다. 그 속에서 폭발음이 들렸고 나는 울면서 잠에서 깨어났다. 잠에서 깨어나는 순간 나는 가랑이를 타고 흘러내리는 오르가슴을 붙잡기 위해 허둥거리고 있다는 걸 알았다.

베란다에는 새벽하늘이 들이차고 있었다. 언니는 또 소리 죽인 텔레비전을 틀어놓고 소파에 엎드려 자고 있었다. 오른쪽 뺨이 가죽소파에 파묻혀 보이지 않았다. 언니의 마음도 반쯤은 그렇게 접혀있을 것이다. 자고 있는 사람을 들여다보면 누구나 좀 측은해 보인다. 더 측은해 보이기 전에 나는 언니를 흔들어 깨웠다. 언니는 얼굴 밑에 깔렸던 리모컨을 밀어내며 중얼거렸다.

"야, 무슨 영화가 이리도 재미가 없냐."

이미숙소설 당신의 이름은

소파에는 방으로 들어간 언니가 아직도 누워 있다. 언니가 떠난 후에도 나는 한참 동안 소파에서 그렇게 언니를 보게 될 것이다. 짙푸르던 새벽하늘이 차츰차츰 엷어지듯이 기억도 그만 흐려지겠지만 말이다.

"엄마, 뭐 하세요?"

내 목소리에 수화기 건너편의 엄마가 화들짝 놀랐다.

"얘, 무슨 일이니?"

"무슨 일은? 그냥, 잠이 일찍 깨서. 엄마는 새벽에 일찍 깨서 뭐 하시나 하고."

"노인네가 뭐하기는. 희자는?"

"자요."

"정말 아무 일 없는 거지?"

"언니랑 날마다 통화하면서 뭐가 궁금해요?"

"잘 해줘라."

"또?"

"여태 잘 참았으면서 자꾸 공 없는 소리 하지 말고. 덕 쌓는다 생각하고."

"엄마가 언니에게 쌓은 건 덕이 아니라 업이야."

그 말을 하는데 갑자기 목이 막혔다.

"너 우니?"

"엄마, 내가 참을 수 없는 건 언니가 풀어내는 내 기억들이
야. 언니 때문에 자꾸 옛날 생각나는 거 싫어. 언니하고 있으
면 아버지 생각난단 말이야. 세월이 이만큼 흘렀는데, 기억은
어쩜 그대로야? 언니가 내 앞에다 다시 그걸 풀어놓을 건 뭐냐
고?"

이번에는 엄마가 울 차례다. 눈물 섞인 한숨소리가 전화선
을 타고 와 내 귓속으로 파고들었다.

"마음 풀어라. 지난 건 잊어야지."

"잊을 수 있어. 내 앞에 나타나지만 않으면 잊을 수 있다니
까. 용서할 수도 있고."

"아이구, 이것아 말로 하는 게 용서니? 밥 달라는 사람 밥 주
고, 같이 놀자는 사람 같이 놀아주고, 지가 간다고 할 때까지 데
리고 있어 봐야 그게 풀어지는 거지."

"그럼, 안 할래. 용서하기 싫어."

엄마 말대로라면 나는 내 기억이 풀어져 숨이 죽을 때까지
소파에 엎드려 있는 언니와 한참을 더 살아야 하는 거다. 전화
기를 내려놓았다. 자신 없는 일이었다.

　　　　　이미숙소설 **당신의 이름은**

바벨탑

썰렁한 교실에서는 뜨거운 커피 생각만 굴뚝같더니 밖으로 나오자 발길은 햇빛부터 좇아갔다.

"벌써 가?"

돌아보니 권 아주머니와 제니엄마다. 내가 건물 밖으로 향하고 있어서 집으로 일찍 가는 줄 알았을 것이다.

ㅁ자형 건물 한쪽으로 일렬로 늘어선 교실 문이 제각기 열렸고 오가는 사람들이 금방 늘었다. 아홉 시에 시작해서 열두 시에 끝나는 어덜트스쿨(이주자들에게 영어교육을 시키고 직업교육도 받을 수 있는 성인 무료 교육기관)의 오전수업은 중간에 한 번 쉰다. 화장실로 카페테리아로 아는 사람을 만나러 옆 교실로 이동하는 시간이다.

돌아나갈까 하다가 팔을 뻗어 나무의자를 가리켰다. 거기

건물을 빗겨난 햇살이 오그르르 모여 있었다.

"봄도 다 갔는데 여긴 왜 이렇게 추워요?"

나는 날씨 탓부터 했다.

"봄 여름 따져 뭐해. 샌프란시스코는 바닷바람이 불어서 늘 서늘하고 겨울에 잠깐 춥고 여름에 잠깐 덥고 마는 걸. 우리나라 춥고 더운 거 생각하면 안 되지."

권 아주머니는 아직도 톡톡한 누비점퍼를 입고 있었다. 교실에 앉아있다 보면 어깨가 자꾸 움츠러드는데도 내일모레면 유월로 넘어가는 달력이 눈에 밟혀서 나는 겨울외투에는 영 손이 가지 않았다. 맑기만 한 하늘이 좀처럼 추워 보이지 않는 것이다. 현관문을 밀고 나와서면 서늘해서 아주 상쾌했던 공기가 차츰 앞자락을 여미게 하고 바람 부는 그늘에라도 들어서면 가슴까지 써늘해진다. 미국에 와서 꽃샘추위만큼 심란했던 한 계절을 보내고 이제 더위 속으로 마음껏 풀어지려니 했던 내 몸은 코르덴재킷에 갇혀서 잔뜩 움츠러들었다.

사람들은 어떻게 입었나 창밖을 내다보면 반바지에 어깨끈 티셔츠만 걸친 여자애와 빨간 코트에 스카프까지 맨 할머니가 동시에 지나가는 바람에 눈동냥은커녕 더 헷갈리고 만다. 혈기왕성한 애들은 땀이 나지 않는 날씨가 신이 날 테고, 쉬엄쉬엄 움직이는 노인들은 한여름에도 스웨터로 온기를 채워야 하는 것이다.

교실 안에서도 사계절 옷을 다 구경할 수 있다. 하늘하늘한 원피스를 입은 선생님과 가죽점퍼를 입은 니카라과 아저씨, 반팔셔츠에 청재킷만 걸치고도 툭하면 그 겉옷을 벗어드는 멕시코 청년이 보인다. 각자 자기 피부 느낌대로 입고 나서는 것이다. 찜통더위가 일찍 시작되었다고 아우성인 한국뉴스 때문인지 그래도 우루과이 아줌마가 쓰고 있는 털실모자는 자꾸만 눈에 설었다. 추우면 모두 똑같이 코트 속으로 숨어들고 더우면 곁에 있는 사람 옷까지 기어코 벗겨내야 하는 환경에서 자란 탓이다. 그러니까 다양성을 잘 받아들이는 것은 타고난 성품이 아니라 기후가 형성해주는 후천적인 습관이라는 생각까지 들었다.

"저 아줌마는 달랑 셔츠 하나만 입었네."

햇빛에 눈을 찡그리고 선 제니엄마가 신기한 사람이라도 찾아낸 것처럼 말했다. 제니엄마는 10년 전에 왔을 때부터 계속 권 아주머니네 가게에서 일을 했는데, 다른 가게로 가보니 마음이 편치 않아서 샌드위치 가게를 차려볼까 생각 중이라 취업반에서 빵 만들기를 배우고 있었다.

"어디?"

돌아보는 권 아주머니 입에서는 어휴 소리부터 나왔다.

"옷 안 입어도 덥게 생겼다. 처녀들이 한참 날씬하고 예쁘다가도 결혼해서 애만 낳았다 하면 금방 이래."

흉내를 내느라 양팔을 우산처럼 펴서 휘둘렀어도 워낙 체구가 작은 아주머니라 그 여자 품 반도 못 따라갔다. 원체 낙천적인 성격에다가 애만 낳아놓으면 산모에게 주는 육아비가 척척 나와 잘 먹고 잘 지내 그렇다는 소리는 나도 어디서 들은 것 같다. 아마 50년만 더 있으면 멕시코 국경이 가까운 이곳 서부에는 히스패닉이 반을 넘을 테고 지금과는 인구분포도가 아주 달라질 거라는 소리들을 했다. 흑인들이 대부분이었던 노동시장을 지금은 히스패닉들이 거의 다 차지했으며 선거철이면 지금도 이 사람들 표밭을 무시하지 못한다는 것이다.

이미 이루어진 나라라고 여겼던 미국은 아직도 수많은 사람들이 밀려들어 오고 있어서 미래에는 또 어떤 모습으로 변할지 아무도 모르는 것이다.

"아저씨는 안 오셨어요?"

권 아저씨가 보이지 않아 물었더니 오늘은 그 반에 처음 나온 콜롬비아 남자하고 인사를 나누느라 바쁘단다.

원래 성은 김 씨인데 미국식으로 남편 성을 따라 권 씨가 된 아주머니 부부는 다음 달에 있는 시민권취득시험을 준비 중이다. 뒤늦게 혼자 앉아 미국의 역사와 지리를 들여다보는 게 어

이미숙소설 당신의 이름은

색해서 어덜트스쿨 시험반에 등록을 했다는데 아저씨는 공부보다는 사람들 만나는 재미에 더 신명이 나 있단다. 처음 보는 사람이라도 다 어디서 만난 듯 비슷비슷한 게 우리네 얼굴 특징이라서 권 아저씨를 처음 보았을 때도 나는 누구더라? 누구더라? 고개를 한참이나 갸우뚱거렸다. 결국은 TV에도 가끔 출연해 욕이며 사투리를 걸쭉하게 내뱉는 연극배우를 생각해냈고 웃는 모습이 어찌나 닮았는지 혹시 형제분 아니냐며 묻기까지 했다. 손녀딸 얘기를 하는 걸 보면 환갑은 넘었을 텐데 공부를 하러 다닌다는 사실이 종종 나이를 잊게 해줘서 쉬는 시간이면 스스럼없이 친구처럼 어울렸다.

최근까지 기념품가게를 하던 아저씨는 언제고 한국으로 돌아갈 생각에 영주권만 지니고 살았단다. 이십 년 넘게 꾸려오던 기념품가게를 정리하고, 이제 그만 고향으로 갈까 싶어서 한국을 다녀왔는데, 가슴에 움켜쥐고 살던 고향은 사라져 낯설기만 하고, 그나마 밥 벌어 먹고살던 데가 내 고향이라고 마음이 바뀌었다고 한다. 뒤늦게라도 미국시민이 되겠다고 결심한 건 다른 나라 이민자들이 터 잡고 사는 게 다시 보여서라는 게 아저씨 지론이고, 자식들이 여기서 뿌리내리고 사는데 어쩔 것이냐는 게 아주머니의 뒷설명이었다.

가게에만 매달려 지내다가 시간 여유가 생기자 아저씨는 신문을 보고 또 보고, 이 사람 저 사람 참견하면서 얻은 정보로 만날 때마다 즐거운 얘기 보따리를 풀어주었다. 아이들은 다 분가하고 그동안 쉬지 않고 일한 덕에 여유가 있으니 시민권 따려다 대학교 가겠다고 나서는 건 아닌지 모르겠다며 남편에게 눈총을 주는 아주머니도 사람들 만나러 나오는 게 싫지는 않은 기색이었다. 어덜트스쿨에 처음 나오던 날, 어찌나 춥던지 카페테리아로 달려가 뜨거운 거부터 찾는데 한국말이 들려 돌아보니 권 아주머니였다.

"여기 처음 왔지요?"

"예, 한국에서 온 지는 두 달 됐구요."

"두세 달 지나면 한 번씩은 다 나오게 돼 있지."

아주머니 곁에서 정호엄마가 자기가 처음 왔을 때가 생각난다며 깔깔 웃었다. 일 년 전에 왔다는 정호엄마는 자기처럼 주재원이나 학교로 연수 온 사람들의 가족들은 처음엔 영어 때문에 답답해서 말 배운다고 몇 번 오다가는 시들해 하고, 여기 살러 온 사람들은 일자리를 찾느라 시간이 없고, 그래서 지금은 한국 사람이 몇 명 남지 않았다고 했다.

정호엄마가 나오자 권 아주머니가 손을 흔들었다.

"오늘은 또 무얼 그리 열심히 했어? 쉬는 시간마다 제일 늦어."

정호엄마네 클래스의 할머니선생은 느긋한 게 특기인 미국 사람답지 않게 입에 따발총을 단 것처럼 열심이라고 소문이 나 있다.

"고맙지요 뭐. 공짜로 많이 가르쳐 주는데."

"공짜는 무슨? 햄버거 하나 먹으면서도 꼬박꼬박 세금 내잖아. 우리가 여기에 와서 쓰고 가는 돈이 얼만데?"

무료로 영어수업을 받을 수 있어서 고맙다는 생각뿐이었던 나는 무안해서 입을 다물었고 권 아주머니는 온 지 얼마나 된 다고 그런 거까지 계산이 되느냐고 역성을 들어주었다.

가방 속에서 보온병과 비스킷봉지를 꺼내면서도 정호엄마는 계속 한국유학생이 많아서 시내의 아트디자인학교는 빌딩까지 새로 지었다는 얘기며 그들이 귀국해서는 대부분 영어학원으로 흡수되는 모양이니 결국은 영어 배우느라고 우리 살림이 거덜 나는 중이라고 열을 뿜었다.

"밖에 나오면 한 번씩 다 이렇게 애국자가 된다니까. 이것도 한국슈퍼에서 산거야. 우리 반 중국 아줌마가 자꾸 과자를 줘서 나도 한국과자를 한번 가져오고 싶은데 집에만 가면 잊어버려."

"오늘 초기이민 시절 비디오를 봤는데, 금문교 지나면서 보이는 엔젤 섬에 이민자검역소가 있었대요. 그것도 모르고, 야,

바벨탑

저 섬 멋있다 그랬는데, 거기 거쳐 들어온 사람들은 볼 때마다 눈물이 나겠더라구요."

"초기에는 다들 고생 많았지. 대륙횡단철도 놓다가 죽은 사람도 얼마나 많은데."

"그러게. 이 대목에서는 조상 탓을 해야 하나?"

정호엄마 말에 나는 고개가 절로 끄덕여졌다. 각각 다른 상황 속에서 사는 것이다. 아침에 스쿨버스 타는 데 가면 머리카락을 가닥가닥 땋고 방울까지 주렁주렁 매달고 나오는 여자애를 만난다. 예쁘기는 해도 애가 머리끝이 얼마나 당길까, 그 곱슬머리를 다 따주려면 시간은 또 얼마나 걸릴까 마음이 쓰였다. 시내에서 구걸하고 서 있는 흑인남자를 보았을 때도 마찬가지였다. 흑인들은 우리 모습을 더 불쌍히 여기니 다른 데 가서는 그런 소리 하지마라는 충고를 듣긴 했지만 찢어진 청바지 사이로 보이던 검은 속살은 또 다른 슬픔이었다.

"영어로 대화를 하셔야지. 수업시간에는 멋쩍어서 입 다물고 있다가, 쉬는 시간에는 우리말로 떠들고, 영어가 언제 늡니까?"

어느 틈에 권 아저씨가 곁에 와 있었다.

"쉬는 시간에 영어하는 데는 저기 저 사무실밖에 없어요. 제 각각 모여서 따따 뚜뚜 자기들 나랏말로 떠들어대는 교실에 있으면 정신만 없어요. 다들 자기나라 말이 편한 거지요 뭐. 정말 그놈의 영어는 언제쯤이면 돼요?"

정호엄마가 말끝에 한숨을 폭 쉬었다.

때가 되면 다 된다는 아주머니 격려에 아저씨는 엄지손가락을 아주머니 쪽으로 누이며 말했다.

"때는 무슨, 이렇게 모여 앉아있으면 30년이 지나도 안 되지."

"서당 개 삼 년이면 풍월도 읊는다는데 무슨 말씀을 그렇게 심하게 하세요? 새로 온 사람 기죽으라고."

정호엄마는 엄지손가락을 내 쪽으로 눕히며 아저씨 흉내를 냈다.

"주방 개 삼 년이면 라면을 끓이는데 이민 개 삼 년이면 뭘 배우는 줄 아나?"

혀를 빼물었다 들이미는 아저씨의 입술이 앞으로 잔뜩 오므라들었다.

"땡-큐-우-."

와그르르 웃음보가 터졌다.

"그런데 영어는 배워 뭐하시게?"

"예?"

아저씨가 정색을 하고 묻는 바람에 나는 눈이 똥그래져 되묻고 말았다.

"한글로 운전면허시험 쳐서 차는 잘 끌고 다니고 있고, 한국 슈퍼에 가서 김칫거리 사다가 김치 담아놓고, 된장찌개 끓여 저녁 먹고, 테레비 틀면 한국뉴스에 드라마도 하나 해주고, 한 국신문 보고, 잠 안 오는 날에는 비디오가게 가서 서울서 하는 주말연속극도 빌려다 보고, 그래도 궁금한 거 있으면 윗집아랫 집 한국 사람들 찾아가서 물어봐도 되고. 한국식당 가서 밥도 사 먹고, 그리고 에, 또 뭐가 필요하지?"

아저씨가 숨이 차다는 듯이 턱으로 아주머니에게 말을 넘겼 다. 기다리는데 시간이 좀 걸려서 그렇지 전화국이나 은행에 서도 한국말서비스를 해주고, 샌프란시스코 시내관광버스를 타도 헤드폰을 끼면 한국말 안내를 해준다는 건 벌써 몇 번이 나 들은 얘기다.

"그래도 길에 나가면 다 미국사람들인데."

아저씨는 무언가 미진해 하는 내 말꼬리를 싹둑 잘랐다.

"미국사람은 무슨 미국사람. 저 백인 여자도 러시아에서 왔 대. 다운타운 거리를 딱 막고 물어보면, 반은 좀 그렇고, 그래 봤자 반에 반은 영어 못해. 기죽을 거 없다고."

"하기는 우리 애 스쿨버스 타는데 나가보면 이집트 아줌마, 파키스탄 아줌마, 스웨덴 아저씨, 중국 아저씨, 흑인 아줌마, 한

이미숙소설 **당신의 이름은**

국 아줌마들만 주룩 서 있고 미국사람은 구경도 못하겠어요."

정호엄마까지 거들었다.

"그건 또 아니지. 그 사람들도 다 미국인이거나 곧 미국사람 될 거란 말이지. 미국이야 원래 자기네 땅에서 살기 싫은 사람 들이 배 타고 건너와서 총 겨누고는, 따당! 손들어! 나가! 인디 언들 그렇게 밀어내고, 이 땅 저 땅 헐값에 사서 합쳐 만든 거 잖아. 멕시코전쟁 때 이쪽 땅을 얼마 주고 샀대더라. 배 아픈 히스패닉들은 자기네 땅 찾는다고 오늘도 열심히 국경을 넘고 있지."

"진짜요?"

"진짜는 무슨. 그렇다는 얘기지. 이 아줌마는 가짜 꿀만 먹고 살았나? 눈을 똥그랗게 뜨고 진짠가 가짠가부터 따지고 들어 서 무슨 말을 못하겠네."

무안해서 나는 또 피식 웃었다. 서부관광을 갔을 때 입심 좋 은 한국인 가이드 아저씨가 시베리아를 넘어 미국으로 들어와 살던 인디언들이 우리의 먼 조상뻘이라고 얼마나 진지하게 설 명을 하던지 애들 똑똑하게 키워서 곁에 끼고 있지 말고 얼른 미국 주류사회로 진출시키고, 사람들을 자꾸 불러 모아서 우리 땅을 되찾아야 한다는 소리에 그만 최면이 걸릴 뻔하기도 했었 다.

그 말을 하니 아저씨는 애들처럼 웃어젖히고 정호엄마와 아주머니는 그럴듯한 말이라고 솔깃해했다.

"허 참, 남의 다리 긁는 소리들 그만하고 한국 가거든 독도나 잘 붙들고 있어요."

아저씨 말에 우리는 깨진 꿈을 접고 항복해야 했다.

"애들 학교에 가서 뭘 좀 물어보고 싶어도 아저씨 말대로 땡큐밖에는 할 말이 없어요."

무엇보다도 말도 통하지 않는 아이들이 학교생활을 어떻게 하는지 궁금하기 짝이 없는 것이다.

"그 학교에는 한국 애 없어요? 더듬거리는 부모가 나타났다 하면 선생이 한국 애 척 불러다가 통역시키는데. 그리고 여기 학교는 뭐 낼 게 있나 받을 게 있나 애들끼리 싸움만 안 하면 참견할 거 별로 없어요. 친구도 금방 사귀고, 말도 금방 배우고, 애들은 걱정 없다니까."

"애들은 그렇게 금방 되는데 어른들은 왜 그렇게 안 돼요?"

"머리가 굳어서 그렇지 뭐. 돌아서면 잊어버리니까."

알아듣는 건 좀 하겠는데 말을 하려면 단어가 떠오르지 않아 애를 먹는다는 권 아주머니의 변명이었다.

"영어 빠르게 배우는 방법 가르쳐 줄까? 여기 사람하고 결혼하는 거야."

이미숙소설 **당신의 이름은**

"아이고 이 이가 못하는 말이 없어요. 말 배우자고 결혼해요?"

아주머니가 아저씨의 팔을 밀쳤다.

"내 말이 틀리나? 말은 말을 해야 늘지. 싫은 사람이랑 얘기해? 서로 죽이 맞아야 이러쿵저러쿵 미주알고주알 떠드는 거야. 서양 거 좋아하는 사람들이 영어도 빨리 배워요. 햄버거 좋아하고 노는 거 좋아하니까 애들은 영어가 금방 되는 거야. 여기 와서도 김치찌개 된장찌개만 찾는 사람들은 미국사람만 보면 뒤로 슬슬 빼지. 냄새날까 봐. 마주보고 말을 해야 말이 늘지."

십 년 넘게 영어 배우고 말도 못한다고 뒤늦게 책임이 어디 있는가 따지느라 애꿎은 영어선생들만 잡아도 소용이 없다. 영어를 공부과목의 하나로 했지, 말로 한 게 아닌 것이다. 공부야 시험 보려고 했던 거고, 어려운 수학처럼 시험공부는 시험 보고 나면 대부분 다 까먹게 되어 있다. 시험만 보는 학교에 말로 영어 가르치는 선생이 무슨 소용이 있었으며 그런 실력을 가진 사람들은 또 다른 일 찾아 떠나고 학교에 남아 있을 까닭도 없었던 것이다.

"우리 애들도 한국말 하라면 싫어해. 그거 공부로 배웠거든. 부모는 밤낮 일만 하느라 애들하고 뭐 얘기할 시간이 있었나?

낳아놓기만 하면 제 나라말이야 저절로 하는 건데, 그걸 신경 써서 가르치고 배우려니 죽겠지."

아저씨가 친구네 집에 전화해서 나 누군데 너희 할아버지 계시냐 하면 아이들 대답은 너네 집에 금방 갔어, 하는 것이다. 영어에서는 친구나 할아버지나 다 똑같이 너는 다 유니까 바꿔 쓰기 힘들고, 그렇게라도 말을 하는 애는 칭찬감이지 틀렸다고 꾸중하면 점점 더 한국말을 하지 않는다는 것이다.

며칠 전에 엘리베이터에서 아래층에 사는 할머니와 손자를 만났다. 미국 딸네 집에 오신 지 7년 되었다는, 여든이 넘은 그 할머니는 나만 보면 영어 몰라도 미국사람들하고 잘 통한다고 자랑을 했었다. 그런데 그날은 무슨 일인지 손자 놈은 영어로 떼를 쓰고 할머니는 한국말로 야단을 치면서, 서로 알아듣지는 못하고 자기 할 말만 시끄럽게 쏟아놓느라 엘리베이터 안을 시끌벅적하게 만들었다. 엘리베이터에서 러시아사람, 멕시코사람, 중국사람이 자기들끼리 따따 뚜뚜 하는 건 무슨 말인지 몰라도 별로 답답하지 않았는데 할머니하고 손자하고 동문서답 하는 걸 보고 있자니 속이 다 상했었다.

커피를 입에 물었던 정호엄마가 사래가 들려 큭큭거렸다.

"왜 그래요?"

"딸애 때문에 웃음이 나서요. 공부를 하다가 갑자기, 바벨탑

쌓은 사람들 다 죽여야 돼, 그러더라구요."

"왜?"

"나도 왜? 그랬지요. 사람들이 바벨탑을 쌓았기 때문에 하나님이 화가 나서 서로 말이 통하지 않게 만들었대나요? 여기 애들이랑 똑같이 리포트 써내려면 이 책 저 책 후딱 읽어치워야 하는데 그게 쉬워요? 어디서 바벨탑 소리는 들어가지고."

"어디는요? 성경에 나와 있지요."

지금까지 듣기만 하던 제니엄마가 단단한 어투로 끼어들자 정호엄마는 말을 잘못했나 싶어서 머쓱해졌고, 아저씨가 그걸 보고 빙긋 웃었다.

"하늘 꼭대기까지 성과 대를 쌓으려는 인간들의 교만을 보다 못해 벽돌 나르고, 탑을 올리던 사람들을 서로 말이 통하지 않게 흩으셨다, 맞나? 창세기 11장?"

제니엄마는 고개를 끄덕였고 아저씨는 두 손으로 머리를 감싸며 연극적인 폼을 잡았다.

"왜 그럴까? 왜? 왜? 머리를 쥐어짜며 고민하다가 지치고 지쳐서 어느 날, 주여! 가르쳐 주옵소서. 그래. 성경 읽어봐라. 거기 모든 말씀이 있느니라. 아하, 그랬구나. 그래서 그렇구나. 기운 없어 죽겠는데 무슨 연구를 더해? 무릎 딱 꿇고, 주여, 저희를 불쌍히 여기옵소서. 주여!"

아주머니가 허공으로 올라가 있는 아저씨의 소매를 끌어내렸고, 제니엄마도 할 수 없이 따라 웃었다.

마침 어제 신문에도 바벨탑 얘기가 나왔었다. 이라크에서 일주일 동안 국제학술 대회가 열렸는데 학자들이 모여서 바벨탑이 실제로 있었는가를 놓고 토론했다는 것이다. 바벨탑이 섰음직한 자리를 추정해보는 걸로 마무리된 기사는 내 호기심을 다 채워주지는 못했다.

"바벨탑을 쌓지 않았다면 모든 인종이 하나의 언어를 썼을 거라는 얘긴데, 말이 나온 김에 하나 물읍시다. 흩어져 살라고 했는데 이렇게 다들 모여서 죽자 살자 영어를 배우는 건 하나님의 뜻에 따르는 거요?"

아저씨가 제니엄마의 턱밑에 질문을 던졌다.

"말만 그런가? 돈도 다 달러로 통하고. 종족도 그렇잖아. 하나님이 다 흩어 놓았는데 혼혈도 몇 대로 내려가니까 요즘은 어디하고 어디 혼혈인지 따질 수도 없어요. 세계는 하나라고 허풍들을 떨어대는데 그게 다 힘센 놈 밑으로 헤쳐 모이라는 뜻이지. 대기업 체인점 아니면 장사도 하기 힘든 세상이잖소."

아저씨 얼굴에 슬쩍 그늘이 졌다. 체인으로 밀고 들어오는 상가들 때문에 아저씨도 기념품가게를 그만 정리하게 된 것이다. 큰 나라니까, 땅도 넓으니까 가게도 참 크다, 했던 게 조금만 더 생각해보면 좋다고 감탄만 할 일이 아니었다. 거인이 한 번 움직일 때마다 누군가는 그 발자국에 밟히는 것이다. 제각각의 나라들도 세계정세와 맞물려 돌아가야 하니 제 목소리 내기도 어렵다. 한쪽에서는 하나로 묶느라고 바쁘고 한쪽에서는 고유문화가 사라진다고 아우성이다. 지금 존재하는 6,000종의 언어 중에서 다음 세기에는 아마 반은 더 사라질 거라고 언어학자들이 발을 구르고 있다. 인구가 자꾸 줄어드는 부족의 아이들이 자기네 고유어를 배우지 않으면 그 언어는 순식간에 사라지는 것이다. 중국이야 워낙 인구가 많으니까 여전히 가장 많은 사람들이 쓰고 있는 언어로 존재하고 있지만 우리말 쓰는 사람들이 지구 통틀어 얼마나 되는가 생각해보면 가슴이 섬뜩해지는 것이다.

"요즘은 컴퓨터용어로 세상이 통일되는 거 같지 않아요? 하긴 그 컴퓨터 용어라는 게 결국은 또 영어이긴 하지만요."

"맞아요. 동네에 전화 한두 대씩 들어올 때만 해도 참 신기했는데, 컴퓨터 이거는 아무도 못 말려. 미국에 사는 애가 컴퓨터 앞에 앉아서 서울 사는 애 불러가지고 야, 우리 한판 할까? 그러면 그래 좋다 하고 핑핑 퐁퐁 게임을 같이 한대."

"우리 손자들도 그 컴퓨터 속에 제 이름하고 암호를 올려놓았다는데 그 많은 사람들이 수시로 들락거리니 그 상자 속은 참 얼마나 시끄럽고 복잡할까?"

"난 광고마다 그 더블유더블유닷컴 하는 인터넷주소 따라붙는 소리가 되게 시끄럽더라구요."

"잠깐!"

아저씨가 두 팔까지 벌리며 입을 막았다.

"인터넷 하나로 국경이 다 소용없게 된 마당에 뒷방할머니들 같은 소리만 하고 있으면 어떡해요. 정신들 차려요."

"아무리 온 세상 사람들이 인터넷 하나로 통한들 그게 무슨 소용이 있어. 가족들은 다 뿔뿔이 흩어지는 세상인데."

아주머니 목소리가 스산해서 다시 한기가 어깨로 몰려오는 듯했다.

"참, 김경미 씨는 오늘도 안 왔지요?"

"오는 날보다 안 오는 날이 더 많은걸, 뭐."

이민 온 오빠네 집에 놀러왔다가 온 김에 어떻게 눌러 앉아 볼까 궁리 중이라던 김경미 씨는 정호엄마와 같은 반인데, 자주 빠지는 이유를 물었더니 오빠부부가 이혼수속 중이라고 했다. 아이들이 아빠하고 사흘, 엄마하고 사흘씩 번갈아 지내게 되어서 일 나가는 오빠를 대신해 아이들을 봐 주고 있다는 것이다. 애들이 가방 싸 가지고 이쪽저쪽 옮겨 다니는 꼴을 보니 발길이 떨어지지 않고 애들이 하는 말을 놓치지 않으려고 영어

이미숙소설 **당신의 이름은**

도 열심히 배우고 있다는 것이다.

"정 많은 노처녀가 애들이 눈에 밟혀서 시집은 다 갔지 뭐."

"따라할 게 없어서 여기 사람들 이혼하는 거까지 따라하느라고…."

아저씨가 쯧쯧 혀를 찼다.

"그런데 말야. 축복받았다는 이 좋은 땅에서, 게다가 여자들에겐 천국이라면서, 미국 남자들은 날마다 뽀뽀해 주고 집안 일도 잘 거든다는데 왜들 그렇게 이혼을 잘 해? 가족관계를 들여다보면 도대체 복잡하기 짝이 없어. 재혼한 엄마가 낳은 동생에, 아빠의 전 부인이 낳은 누나에. 추수감사절이나 크리스마스 같은 명절날이면 이번에는 어느 쪽으로 갈까? 아빠네 집? 엄마 새남편의 집? 할머니네 집? 여행지 숙박시설 점검하듯 그쪽 사정은 어떤가 살핀 후에야 계획을 세워야 하고."

"어른들은 어른들대로 흩어지고 애들은 애들대로 흩어져서 각자 제 방에 틀어박혀서는. 그러니까 컴퓨터가 필수품이 된 이유는 따로 있는 거야. 팔고 사고, 남녀교제고 뭐고 다 인터넷으로 하니."

"예배도 인터넷으로 보는 사람이 많대요. 자기 집에 앉아서 컴퓨터로 설교받고, 헌금도 보내고. 목사님이 걱정하시더라구요."

"제니엄마도 걱정되시겠어요."

아저씨가 말투를 흉내 내는데도 아랑곳없이 제니엄마는 내 팔을 잡았다.

"이번 주일에는 교회 꼭 나오세요."

권할 때마다 다음으로 미루던 터라 나는 대꾸도 못하고 애 매한 미소만 지었다. 이 집사 눈에 들면 교회 안 가고는 못 배 기니까 기운 빼지 말고 한 번이라도 얼른 나가주라던 아주머니 가 거 보란 듯이 고개를 끄덕였다.

"하나님 뜻대로 살면 다 복 받고 좋지. 교회에 나가면 세상 욕심도 줄고."

"아닌데, 기독교는 주십시온데. 내 친구는 부자 되려고 교회 가기 시작했어요. 이 친구가 가만 보니까 기독교 국가들이 부 국이란 말이지. 우리 조상들이야 부처님, 산신령님 해가며 손 이 발이 되도록 빌고 또 빌어도 그 날이 그 날인데, 성경에 손 딱 얹고 하나님 말씀에 따라 어쩌고저쩌고하면서 힘을 팡팡 쓰 는 거야. 그 친구 말이 우리나라도 골목마다 교회가 번쩍번쩍 들어서고 있으니 이제 다 잘 살 거라는데, 맞나?"

"나는 아저씨 아주머니 덕분에 교회를 다니게 됐는데, 두 분 은 교회도 안 나오시고, 자꾸 억지소리만 하시고…."

곧 울 것 같은 목소리를 내면서도 제니엄마는 용케 말을 끊

이미숙소설 **당신의 이름은**

지 않았다.

"초기교회는 엄청 아픈 사람들 빼고는 일요일이면 모두 교회에 가서 서너 시간씩 예배를 보았는데, 요즘은 사람들이 교회에 나오는 횟수도 점점 줄고, 다른 종교가 밀려와서 점점 번성하고. 꼭 솔로몬시대 말기 같대요."

"뺏고 빼앗기는 거야 성경에 손 얹어 놓고 선서하는 사람들의 문화 싸이클이지. 말 잘 들으면 젖과 꿀이 흐르는 가나안 땅도 주시고, 말 안 들으면 광야로 쫓아내 휘두르시고. 잠깐, 잘 생각해보니까 하나님이 청교도에게 주신 가나안 땅이 미국인데 큰일 나긴 했다. 그 후손들이 주일도 잘 안 지키고 이방의 신들이 들어와 교세를 넓혀 그들의 성전 세우는 것도 그저 보고만 있으니 이제 벌이 떨어질라나?"

라스베이거스의 밤거리에서 나는 미국사람들이 짓고 있는 또 하나의 바벨탑을 보는 듯했었다. 하늘을 찌를 듯 높게 올라간 호텔타워 꼭대기에서 사람들은 번지점프를 하고 롤러코스터를 타며 괴성을 지르고 있었다. 수십억 년 동안 쉼 없이 대자연의 신비를 엮어내고 있는 그랜드캐니언의 경이로움에 넋이 빠졌던 날 저녁이었다. 뜨거운 사막 가운데로 물을 끌어다 인공폭포를 만들고 물 위로 불화살을 터트리며 환호하는 사람들의 욕망의 끝은 무엇일까 생각하니, 현기증이 다 났었던 것이다.

"종말론이니 Y2K 버그니 가뜩이나 심란한데 얘기가 점점 으스스한 쪽으로 가고 있어요."

정호엄마가 어깨를 떠는 시늉을 했고, 자리를 옮겨가고 있던 햇빛이 그녀의 왼쪽 어깨에서 흐트러졌다.

"그러게 시민권이고 뭐고 고향 가는 비행기나 다시 탈까나?"

"어디라고 안전하겠어요?"

"뼈라도 고향 땅에 묻어야지."

장난꾸러기 같던 아저씨의 얼굴에서 언뜻 노인의 얼굴이 읽혔다. 미국으로 돌아온 아저씨의 가슴에는 아마 고향도 따라 돌아왔을 것이다. 어쩌면 아저씨의 고향도 제니엄마의 믿음과 뿌리가 같을 거라는 생각이 들었다.

"사람이 하는 일과 하나님이 하는 일은 따로 있어요. 예수님이 오늘 오시든 내일 오시든 우리는 그저 믿음생활만 잘 하면 돼요."

조금도 흔들릴 줄 모르는 제니엄마의 맹목적인 믿음이 보기 좋은 건지 안쓰러운 건지 믿음 없이 이 생각 저 생각 소용돌이 속을 떠도는 나로서는 분간이 서지 않았다. 이 혼돈과 불안을 정화시키려면 오직 창조주 하나님께 기도하는 길밖에 없을까? 아직도 내 팔을 잡고 있는 제니엄마에게 묻고 싶었으나 입은 열리지 않았다.

"아이고, 머리 아퍼. 쉬는 시간이 왜 이렇게 길다냐."

아저씨의 주름진 이마에 서늘한 바람이 얹히고 있었다.

교실 문 앞에서 나는 주춤 멈춰 섰다. 부딪치지도 않았는데
안에서 나오던 남자가 서둘러 미안하다는 말을 했다. 거리에
서도 호들갑스럽게 껴안고 인사도 잘하는 사람들이 부딪치는
건 또 질색으로 여겼다.

햇빛을 보던 눈에 가뜩이나 어두운 교실에서 콜롬비아 여자
가 커튼을 내리고 있었고 안경을 머리띠처럼 이마 위로 올린
선생이 텔레비전을 만지고 있었다. 다음 수업은 비디오를 볼
모양이었다. 테이프를 넣으면서 그녀는 앞자리에 앉은 사람들
에게 요즘 어떤 회사로부터 풀타임직장 제의가 들어와 고민 중
이라는 말을 하고 있었다. 이렇게 말을 가르치는 걸 굉장히 좋
아해서 다른 직업을 가져도 강의를 계속 맡을 수 있으면 좋겠
다는 소리였다. 어떻게 하면 안정된 수입과 자기의 성취동기
를 동시에 채울 수 있을까 궁리 중인 독신녀선생을 보면서 나
는 그녀가 결혼을 한 적이 있을까? 아이는 있을까? 궁금했다.

쉬는 시간의 대화가 좀 무거웠던가? 웃음꼬리를 물고 들어
와 다음 수업 중에도 문득 혼자 미소 짓게 하던 아저씨의 재미
있는 얘기 대신 가슴에 시름 한 자락을 얹은 것처럼 생각마다

바벨탑

한숨이 돌았다.

비디오에서는 동부에 사는 제니퍼가 서부에 있는 대학을 가기 위해 짐을 꾸리고, 가족과 인사를 나누며 길을 떠나고 있었다. 부모는 이태리 출신이고 자기는 샌프란시스코에서 태어나 이곳에서 자라 가까운 버클리대학을 다녔다는 얘기를 장황하게 늘어놓으면서 선생은 미국의 50개 주가 들어있는 사각형 종이와 질문지를 나누어주고 게임설명을 했다.

나는 멕시코 청년과 파트너가 되어 질문지를 작성하기 시작했다. 오후부터 KFC에서 일을 한다는 그는 입속에서 한참 고르다 나오는 발음만 아니라면 체구가 작고 수줍음도 잘 타서 꼭 우리나라 사람 같은 구석이 있었다. 거리에서 만났으면 서로 서툴러서 거의 통하지 않았을 멕시코영어와 한국영어가 비디오 내용을 밑천 삼아 눈치가 반은 넘는 대화를 뚜걱뚜걱 이어나가는 것이다.

언제나 오 솔레미오 노래라도 부를 듯이 입을 크게 벌려 말하는 선생 다음으로 중국 아줌마 차례가 되었다. 걸음을 빨리 걷지 못하도록 신발을 꼭 죄게 신겼다는 중국 여자를 생각나게 하는 그녀의 영어는 그나마 눈치로 짐작하기도 쉽지 않았다. 상대방이 알아듣지 못하는 표정이면 마음이 급해 발음이 더 딱딱 끊어지는데 사람들은 평소 그녀의 열성을 아는 터라 잠자코

이미숙소설 **당신의 이름은**

기다렸고, 그녀가 들고 있는 질문지를 슬쩍 건너다보며 보충 설명을 해준 선생 덕에 우리는 답을 맞히고 앞으로 한 칸 나아갔다.

사진 속의 퀴리 부인을 닮았다 싶었는데 자기네 나라에서 고등학교 과학선생을 했다는 우루과이 여자는 어느 틈에 선생을 붙잡고 이야기 중이다. 아는 게 많아서 질문도 잘 하는 그녀의 영어도 알아듣기 쉽지는 않았다. 이 스쿨은 필요한 사람들은 부담 없이 언제든 수업을 들으러 올 수 있어서 새로운 억양의 새로운 얼굴들이 끊임없이 들락거린다. 하지만 서로에게 익숙해지면 의사전달에는 언어가 20%도 차지하지 않는다는 걸 몸소 체험하게 된다.

베트남 여자가 비디오 속의 제니퍼가 지나간 길을 알아맞혔고, 그 덕택에 그 팀은 중부의 오클라호마까지 껑충 뛰게 되었다. 이름이 아담이 아니라 아단이라는 걸 강조하는 니카라과 남자는 곁에서 웃고만 있었고, 나는 창밖으로 시선을 돌렸다. 파랗게 맑은 하늘 한쪽에 흰 줄이 그어지는 게 보였다. 소리가 들리지 않는 걸 보니 인간의 욕망만큼이나 높이 비행기가 떠 있는 모양이었다.

염통에 털 난 사내

홍재수. 그의 이름이다. 부자로 오래 살라고 그의 할아버지가 지은 이름이다. 흔한 이름은 아니지만 그렇다고 듣기 어려운 이름도 아니다. 그의 직원 중에도 김재수 씨가 있고, 가끔 사촌동생과 같이 점심을 먹으러 가는 길 건너편 국숫집에도 재수 씨가 있다. 칼국수 한 그릇 먹는 내내, 재수 씨 칼 둘, 재수 씨 비 하나 먼저 줘요, 소리를 듣다못해 사촌동생은 킬킬거린다.

직원 잘 뽑았네. 주문 들어갈 때마다 저렇게 재수 씨를 외쳐대니 이 집도 금방 부자 되겠어.

부자와 재수. 그가 어릴 때부터 자주 듣던 소리다.

재수야, 사탕 사줄 테니 여기 좀 붙어 있어라. 민화투를 치던 동네할머니들은 어린 그를 무릎에 앉히려고 육탄전을 벌인 적도 있다. 할머니 곁을 떠나지 않는 그에게 눈총을 주며,

홍단재수를 끼고 앉았는데 늬 할머니를 누가 당해내겠냐고 투덜거렸다.

할아버지의 염원대로 지금까지 그는 재수가 좋은 편이기는 했다. 아들 대에서는 미진했던 꿈을 손자이름 속에 담았을 텐데, 부르기 쉽고 기억하기도 좋으니 뭐 딱히 불평까지 할 이름은 아니었다. 그러나 세상일은 꼭 짝을 두게 돼 있으니 좋은 쪽이 있으면 나쁜 쪽이 있기 마련이고, 그가 재수가 좋으면 상대방은 재수가 없는 놈이 되는 게 탈이었다. 어릴 때 홀짝이나 구슬치기에서도 그는 주로 따는 편이어서, 같이 놀던 친구들은 그들의 홀쭉해진 구슬주머니를 만지작거리며 그의 뒤통수에 대고 '재수 없는 놈'을 난사했다. 학교에 입학하고부터는 왕재수나 황재수로 불렸다. 운동장 조회 때마다 툭하면 불려 나가 상을 타는 그를 선생님들은 칭찬했고, 친구들은 성을 바꾸어 왕재수, 황재수로 불렸다. 손자이름에 재물(財)과 장수(壽)를 넣고 회심의 미소를 지으셨을 그의 할아버지는 손자의 재수가 왕씨나 황씨 가문으로 들락거리는 것은 모르셨을 것이다. 그럼에도 불구하고 그는 의대를 졸업하고, 운 좋게 군대도 빠지고, 일찍 개업을 해서 할아버지에게 이름값을 해드렸다.

중년이 된 그에게도 식구들은 여전히 이름으로 편을 갈랐다. 작년에 새로 동업한 친구와 같이 퇴근을 하다가 그 친구가 자동차에 치어 중상을 입었는데, 설명을 듣기도 전에 식구들은 이구동성으로, 거 봐라, 너는 이름값 했다며 가슴부터 쓸어내렸다.

약속시간에 늦는다고 먼저 뛰어가는 친구를 말릴 틈이 없었다. 급한 사람은 급한 사람끼리 부딪치기 마련이다. 사고를 내고 하얗게 질려 차에서 내린 운전자의 말도 그랬다. 집에 바쁜 일이 있어서 서두르느라 신호등을 미처 보지 못했다고. 친구도 그렇다. 운이 따로 있는 게 아니라 성격이 운명을 만드는 것이다. 전화기가 없는 연락불통의 시절에 애인을 길거리에 혼자 세워둔 것도 아닌데, 지인들과의 모임에 간다면서 깜박이기 시작한 신호등을 향해 뭐 그렇게까지 달려가야 했는지 모르겠다. 응급처치를 하면서 길 건너 대학병원으로 바로 후송한 덕분에 목숨은 구했으나 갈비뼈가 다 주저앉고 다리가 부러지고 목의 경추신경이 끊어졌다. 외과의사의 오른팔이 마비되었으니 재수가 없어도 아주 왕창 재수가 없는 케이스였다.

동업을 시작한 지 일 년도 안 되어 병원은 다시 그만의 병원이 되었다. 친구는 사고의 충격으로 최근에 있었던 일을 기억하지 못했다. 물에 빠진 사람 붙들고 같이 허우적대다 보면 둘 다 가라앉는 수밖에 없다. 손을 놓아야 하는 타이밍이 있는 것이다. 그가 공과 사를 구분해야 했다. 대진의사부터 구했다. 그

이미숙소설 **당신의 이름은**

리고는 친구가 차츰 자기상황을 인식하게 되었을 때 재계약서를 작성해서 서명을 받아두었다. 일을 할 수 없으니 월급은 없고 당분간 공동투자금액에 대한 이자만 주겠다고 통보를 했다. 병원동업은 얼추 그렇게 마무리를 지었다.

그런데 그에게 요즘 이상한 버릇이 생겼다. 그는 원래 화장대 옆의 전신거울 앞에서 출근준비를 하는데, 큰 키에 군살도 별로 없는 자신의 옷태에 만족해 콧노래까지 흥얼거리며 현관을 나서곤 했는데, 요즘은 콧노래는커녕 거울에 고개를 바싹 들이밀고 있는 시간이 점점 늘어나고 있다. 맨살에 기분 좋게 감기는 남방셔츠와 새로 산 넥타이를 맞추어 매다가도 어느새 고개가 거울 앞으로 빨려 들어갔다. 거울로 그가 살피는 것은 주로 어깨선에서 발등으로 떨어지는 옷태였는데, 요즘 그는 손거울까지 마련해 거울 속의 정수리만 노려보고 있다. 머릿속이 허술하다. 나이 탓을 하기에는 좀 이른 감이 있다. 유전은, 아버지도 아니고 할아버지도 아니었다. 그는 찬찬히 친가와 외가의 남자들을 하나씩 뻥뺑이로 돌려보았다. 불쑥 작은할아버지댁 사촌형님의 휑한 앞머리가 눈앞으로 튀어나왔다.

뭐야, 자기 동생도 있는데 왜 나한테 이딴 걸?

병원 아래층에서 약국을 하는 세 살 아래 사촌동생은 더벅머리 총각처럼 머리숱이 많았다. 사촌동생이 칼국수를 같이 먹을 때 유난스레 그 집 종업원 이름을 들먹이며 킬킬거리는 것도 어쩌면, 국수를 입에 넣으려고 고개를 숙일 때마다 그의 정수리가 먼저 보이기 때문인지도 모른다. 사람들은 앞니 빠진 어린아이를 보면 깔깔 웃고, 앞머리가 빠진 남자를 보면 큭큭 웃음을 감춘다. 머리가 빠지기 시작한 그를 보고 사촌처럼 큭큭 웃는 사람도 있고, 웃지 않고 같이 심각해 하는 사람도 있다. 그도 물론 웃음으로 그냥 넘길 때가 있고 화가 치밀어 올라 표정을 간수하기 어려울 때도 있다. 거울 속의 휑한 머리 위로 사촌동생의 더벅머리가 떠오르자 그의 입에서는, 재수 없는 놈, 소리가 절로 튀어나왔다. 그는 그 소리에 더 깜짝 놀랐다. 머리카락이 없으면 힘을 못 쓰는 삼손도 아니고, 뭐 그깟 일로 재수 없다는 소리를 입에 달고 살 줄은 몰랐던 것이다.

그런데 머리털만 빠지는 것도 아니었다. 샤워를 하고 나와서 텔레비전을 보던 그가 기함을 하고 아내를 불렀다.

"여기 좀 봐."

거머리라도 붙은 것처럼 어깨까지 움츠리며 종아리를 가리키고 있는 그의 손가락 끝을 들여다보고 아내는 왜? 하고 물었다.

"털이 없잖아."

다리의 까만 털이 흐릿한 갈색으로 힘이 빠져 있었다. 귀신

이미숙소설 **당신의 이름은**

이라도 만난 듯한 그의 표정과는 달리 헛웃음을 깨문 채 아내의 시선이 바로 그의 머리로 올라왔다. 머리가 홀렁 벗겨지려는 마당에 종아리 잔털은 뭐에 쓰려고, 하는 표정이었다. 하얀 수건으로 머리를 싸매고 세수를 하다가 달려나온 아내의 얼굴에는 눈썹문신 자국만 선명했다. 그는 자신의 눈썹을 더듬었다. 머리카락에만 정신이 팔려서 다른 곳의 털들은 염두에 두지 못했다. 아직은 꺼끌하게 손에 잡히는 눈썹을 만지작거리고 있는 그에게 아내가 한마디를 쏘았다.

"율 브린너처럼 멋있을 자신 없으면 더 흉하기 전에 부분가발이라도 쓰든지."

그 생각을 해보지 않은 것은 아니지만 아내의 입에서 가발소리가 튀어나오자 그는 정수리에 구멍이 뚫리는 줄 알았다. 아내를 밀치고 쿵쾅거리며 화장대가 있는 방으로 들어섰다. 전신거울에 고개를 들이밀자마자, 아, 재수 없어, 소리가 여지없이 튀어나왔다. 아들놈 입에서 튀어나왔던 그 경박스러운 오, 마이 갓! 소리도 목에 걸렸다.

방학 때 귀국한 아들은 그의 앞머리를 보자마자 오, 마이 갓을 외쳤고, 딸애는 그 소리에 맞추어 깔깔거렸다. 한국에서 쓰는 과외비나 외국유학비나 그게 그거라는 아내의 말을 그대로 다 믿은 것은 아니었지만 두 아이에게 매달 송금해야 하는 금액은 예상보다 많았고, 송금액의 누계가 무거워질수록 아이들의 입은 그만큼 가벼워졌다. 오, 마이 갓이라니. 그는 구원을 청할 신을 모시고 있지도 않다. 동네 성당에 신자로 등록이 돼 있기는 하지만 유학 보낸 아들을 미국 가톨릭계통 학교로 옮겨주기 위해 서둘러 가족 모두를 신자로 만들었을 뿐이다. 오, 나의 신이시여를 외쳐본들 길고 풍성한 머리카락에 수염까지 텁수룩한 신께서는 그의 탈모에 깊이 공감해줄 것 같지도 않았다.

열대야가 기승을 부리는 통에 시시때때로 전신에 거침없이 비누거품을 북적여 문지르던 그의 손에도 힘이 빠졌다. 잦은 샤워가 탈모에 도움이 되지 않을 것이다. 세찬 물줄기가 쏟아지는 샤워기로 바꾼 것도 후회됐다. 몸을 때리며 타일바닥으로 떨어지는 물소리가 시원스럽기는커녕 뒷골이 당겼고, 소용돌이치며 하수도 구멍으로 빨려드는 머리카락이 보이면 그의 몸은 도로 진땀이 났다. 샤워하고 그냥 나와 돌아다닌다고 지청구를 들었던 습관도 사라지고 얼른 맨몸을 감추기에 바빴다.

샤워시간이 점점 줄었고, 신문에 코를 박고 있는 시간이 늘었다. 두꺼운 의학백과사전을 다 들추어보아도 뾰족한 대안이 없는 줄은 알고 있었다. 그런데 신문에는 모발 관련 광고가 차고 넘쳤다. 자석을 들이댄 것처럼 그의 눈이 광고문구로 철커

덕 철커덕 달라붙었다. 그는 틈틈이 두피관리, 탈모관리, 모발관리 광고번호에 전화를 걸었다.

"그럼요. 더 늦기 전에 관리를 받으셔야 합니다. 물론 효과가 있지요. 나오셔서 모발테스트를 먼저 받으시고, 그 결과를 보면서 상담을 하고요, 처방에 따라 두피마사지요법부터 합니다. 약을 드시기도 하고요."

"부작용은 없습니까?"

제기랄. 그가 약 처방을 해줄 때 환자들이 자주 묻던 말이다. 그럴 때마다 그는 속으로 짜증을 냈었다. 부작용 없는 약이 세상에 어디 있어, 그러니까 제 맘대로 먹지 말고 처방전을 받아가라는 거지.

부작용은 아내의 단골용어이기도 했다. 유학 보낸 아이들 대신 얼굴 돌보는 거로 하루해를 보내는 아내는 잘한다고 소문난 곳만 골라 다니는 것 같은데도 시술을 받을 때마다, 부작용이 생겼다며 한바탕씩 소란을 떨어댔다. 특효라는 약품으로 마사지를 받았다가 가뜩이나 휑한 두피에 울퉁불퉁 부작용이라도 생긴다면, 상상만으로도 낭패였다.

그렇다고 혼자 끙끙거리고 말 일은 아니었다. 그는 피부과 후배에게 전화를 걸었다.

"저번에 보니까 진행이 좀 빠르시던데."

"무슨 수가 없겠냐?"

"그러니까 대머리 김 선배가 맨날, 누가 대머리 치료제만 찾아주면 바로 노벨상추천 올린다 하잖아요. 계속 뭐가 나오고는 있으니까 좀 기다려 보세요."

"너는 강 건너 불구경인 거지?"

그의 목소리에 짜증이 실렸다.

"에이, 누구에게나 곧 닥칠 건데, 남 일은 아니죠. 그게 유전 아니면 스트레스가 주범이라는데, 형 요즘…."

"야, 됐다."

스트레스라는 말은 아주 딱 질색이다. 그는 전화기를 내려놓았다. 신체증상의 원인이 뚜렷하지 않은 환자에게 그도 어쩔 수 없이, 요즘 크게 스트레스를 받은 일이 있었느냐고 물어보기는 하지만, 스트레스로 머리털까지 날리는 건 그가 할 짓이 아니었다. 울컥 짜증이 올라왔다. 후배 놈은 분명 지난번 동문회 때 일을 가지고 스트레스 운운하는 거였다. 그날 이후로 계절이 몇 번이나 바뀌었는데도 그는 분기별 동문모임에 한 번도 나가지 않았다.

그날, 동문들은 하나같이 그에게 사고 난 친구의 안부를 물었다. 그 친구는 잘 있지? 그래, 너까지 고생한다. 이런 말은 그나마 호의적인 인사였다. 그 친구 오늘도 병원 나왔어? 집에서 좀 더 쉬게 하지, 하는 소리는 그의 속을 박박 긁었다. 옆에 있던 놈은 눈치도 없이, 그래, 환자가 환자를 보러 나오는 심정이 어떻겠니, 하는 소리까지 보탰다.

그러니까 왜 환자가 환자를 보러 나오느냐고. 누가 제발 그 친구에게 집에서 쉬라고 말 좀 해줘라.

분위기 맞춘다고 그가 말을 받은 게 화근이었다. 모임에 늦게 도착한 그는, 일찍 나온 후배가 이미 초과용량의 알코올을 들이켠 걸 알 턱이 없었다. 평소에는 술을 잘 마시지 않고 샌님처럼 굴다가도 소주 한 잔에 말문이 터지고, 두 잔이 넘어가면 열변을 토하다 술상에 이마를 박고 엎어지는 그놈이 자리에서 벌떡 일어났다.

선배는 지금 그 말이 무슨 말인지 알고나 하는 소리요? 잘나가던 대학병원외과의가 말입니다. 변두리병원 구석방에 갇혀 지내는 심정이 어떻겠어요? 하루아침에 갑자기 이 세상에서 소외된다는 거에 대해서 선배는 진지하게 생각해 봤냐고요. 도대체 무엇이 한 인간의 삶을 그렇게 순식간에 바꾸어 놓는 거냐고요.

아주 연극 대사를 읊는다. 그러면서 상대에게는 진주를 훔쳐다 진흙탕에 빠트리는 역할을 던져주는 게 탈이다.

두말할 나위 없이 동업은 서로 윈윈이 목적이었다. 단짝으로 붙어 다닌 건 아니었지만 두 사람은 의대에 입학해서 11년을 한 울타리에서 지냈다. 외과전문의 자격증을 따고 군에 입대하면서 각자의 길을 걷다가 다시 만난 것은 그동안 개업의로 기반을 다진 그와 본교 교수생활을 한 그 친구가 모여 시너지 효과를 보자는 거였다. 그가 먼저 개업을 권유한 것도 아니었다. 모임에서 그 친구가 먼저 개업을 하겠다는 의지를 보였기 때문에 성사된 일이었다.

그래. 말이라도 그렇게 하는 거 아니다. 걔 성격에, 집에서 쉬라니, 너 걔 성격 몰라서 하는 소리냐?

동기 놈까지 거들고 나섰다. 안다. 아니까 나온 소리다. 중상을 당한 친구는 모교 병원에서 삼 개월 입원 끝에 겨우 일어설 수 있게 되자마자 동업하는 병원 입원실로 오고 싶어 했다. 겨우 자리를 잡아가고 있는 동네병원에 의사가 손을 쓰지 못하는 환자라는 소문은 도움이 되지 않을 것이었다. 해외연수를 갔다고 써 붙였는데 의사가 환자복을 입고 나타나면 병원 이미지가 어떻게 되겠느냐는 말까지 해보았지만 막무가내였다. 3층 입원실로 옮겨왔다는 말에도 그는 나가보지도 않았다. 퇴근할 때 얼굴만 잠깐 들여다보고 말았다. 선을 긋는 게 서로를 위하는 길이었다. 스트레스는 각자의 자리에서 스스로 해결해야 한다고 생각했다. 그 친구는 삼 일을 버티다 집으로 퇴원했다.

그러나 이 병원 저 병원으로 재활치료를 받으러 다니면서도 틈만 나면 병원에 출근해야겠다는 말을 했다. 집에서는 답답해서 견디기 힘들다는 소리엔 병원이 답답하다고 나오는 곳이냐고 짜증을 내보아도 소용이 없었다. 아들놈 학교문제 때문에 미국에 다녀왔더니 매일 출근을 하면서, 환자복 대신 의사 가운을 입고 물리치료를 받고 있었다. 그 친구 아내의 성격도 참 똑같았다. 출근하겠다는 남편을 말리지는 않고, 몸보다도 정신적인 재활이 우선인 것 같다며 잘 걷지도 못하는 환자를 자동차에 태워 출퇴근을 시키고 있었다.

참, 너 그 친구 도와주는 간호사도 해고하고, 책상은 빈 구석방에 처박아 넣고, 쓰던 방은 대진의에게 줬다며? 더 도와주지는 못할망정 낯선 상황으로 몰아가면 안 되지, 임마.

그 말이 정말입니까? 멀쩡히 살아있는 사람 방은 왜 뺍니까? 인간성 제롭니다. 대진닥터가 구석방을 쓰면 환자들이 멀어서 못 갑니까?

후배 놈은 열변을 토하고 드디어 이마를 술상에 엎었고, 그 통에 동기 놈 옷으로 술잔이 튀었다.

아, 재수 없어. 야, 네 옆에 있다가 재수 있는 놈 못 봤다. 걔도 너하고 동업하는 게 아니었어. 친구 잘못 만나서 걔가….

그때 그는 동기 놈을 노려보며 술잔을 쾅 내리쳤다. 그 친구의 장모가 중환자실 복도에서, 친구 잘못 만나 그 좋은 교수자리 박차고 나와 이런 험한 꼴을 당했다며 울고불고하는 걸 들었을 때는 뭐 어쩔 수가 없었으나, 알코올만 들어가면 잘 알지도 못하면서 엉뚱한 소리를 보태는 놈들은 참을 수가 없었다. 멀쩡한 선배 한 명이 둘 사이로 끼어 앉으며 어깨를 잡지 않았다면 몸싸움이 나도 크게 났을 터였다.

병원이 무슨 친구랑 구슬따먹기 하는 덴 줄 아나, 입만 살아가지고는.

그래도 임마, 너 그러면 안 돼. 니 재수만 챙기면 다냐. 너는 오른쪽어깨 탈골이라고 병역면제까지 받고도 멀쩡하게 외과 의사 노릇 하지만, 어쩌면 걔는 외과의로는 밥도 못 벌어먹게 생겼어, 임마.

야, 그게 내 탓이야? 걔는 보상이라도 받지, 나는 이 꼴이 뭐냐. 지들 일 아니라고 입만 살아가지고는, 정말. 선배, 나도 피해자라고요.

답답한 마음에 어깨를 누르고 있는 선배에게 얼굴을 향한 게 잘못이었다. 짐짓 화라도 내며 잡힌 어깨를 털고 그 자리를 벗어났어야 했다. 입만 열면 닫을 줄 모르는 선배에게 말을 시키고 만 것이다.

잘못했다기보다는 잘 하자고 하는 얘기잖아. 인간이 다 거기서 거기지만 말이다. 그럼에도 불구하고 우리가 인간으로서 지향해야 하는 거, 뭐, 그런 쪽으로 우리가 한 걸음이라도 뗄 기회가 왔을 때, 그쪽으로 발을 내디뎌야 하는 거, 우리가 그런 거 하고 사는 사람들 아니냐? 죽을 수밖에 없는데도 어떻게든 살려내야 하는 일을 업으로 하고 있으니까. 병원 밖에서도 우리가 그런 거 좀 하고 살 수 있지 않겠냐. 그러니까 마셔라. 술의 힘이라도 빌리지 않으면 다른 정신으로 타고 넘어가기가 어려운 법이거든. 그런데 너는 임마, 술을 처먹고도 왜 그리 쌩쌩허냐, 재수 없어 야. 아무튼, 징헌 놈이다. 오죽하면 걔 부인이 울면서 그랬겠냐. 살다 보면 이런 일도 겪고 저런 일도 겪어야 하는 거라지만 차라리 다친 게 더 나을 수도 있다고, 만약에 입장이 바뀌었다면, 자기네도 너처럼 그렇게 하게 될까 봐 겁이 다 난다고, 그랬다며. 남편이 살았으니까 하는 소리겠지만 말이다. 오죽했으면 네 입장에 놓이지 않은 게 감사하다고 그랬을까. 오죽하면 남편이 너처럼 하는 것보다는 차라리 다친 게 낫다는 소리를 다 했겠냐. 인간의 속을 본 거지.

친구 아내는 생명의 은인이라며 처음에는 그에게 코가 땅에 닿도록 인사를 했었다. 통장에 돈은 들어오지 않는데, 이등분한 병원의 세금명세서를 받아들고부터 안색이 변했을 것이다. 재활치료 건으로 선배병원에 도움을 청하러 갔다가 설움에 겨워 눈물을 쏟았다는 이야기는 그도 들었다. 물에 빠진 사람 건져놓으니 보따리 찾아달란다는 속담이 왜 있겠나. 정신이 들면 누구나 보따리 타령은 하게 되어 있다. 보따리가 떠내려갔으니 무얼 먹고 사느냐고, 차라리 그때 같이 떠내려가는 게 나을 뻔했다며 울고불고하는 장면은 드라마 속에만 있는 게 아니다. 그러나 그때는 혼비백산이라 보따리를 찾아 손에 쥐어주어도 소용없다.

사고현장에서 그는 친구에게서 팅겨져 나온 핸드폰까지 다 챙겨다 주었다. 친구아내는 그걸 받아 핸드백에 넣고는 중환자대기실에서 도둑을 맞았다. 환자 곁을 떠나지 못하고 마음 졸이며 대기실 의자에 쪼그리고 앉아 졸다 깨다 하는 보호자들의 핸드백을 들고튀는 도둑이 죽일 놈이지만, 고집부리는 건 부부가 똑같았다. 장기전이 될 테니 대기실 의자에서 밤을 새는 것은 의미가 없다고 일단은 집에 가서 준비를 하고 있으라고 해도 앉은 자리에서 꼼짝 않고 버티더니 그 와중에 핸드백까지 도둑맞았던 것이다.

너, 손톱 밑에 가시 드는 줄은 알아도 염통 밑에 쉬스는 줄은 모른다는 속담 들어봤냐? 네 염통 밑을 잘 들여다봐라. 아니다. 그건 됐고, 머리털이라도 들여다봐라, 혹 다 날아가기 전에. 공짜가 어딨어? 누구든 사람은 공을 들여야지. 인정머리

이미숙소설 당신의 이름은

자르라고 우리가 그동안 실력을 갈고 닦은 건 아니지 않냐?

종잡을 수 없는 선배의 이야기는 무궁무진했고, 다른 좌석에서는 불의의 사고에 대비한 보험가입 이야기로 열을 내고 있었다. 동업을 시작할 때 꼭 넣어야 할 조항에 대해서도 토론을 벌이고 있었다. 서둘러 공동사업의 합의사항을 다시 작성해서 아픈 친구의 서명을 받았다고 비난하던 치들이 말이다. 외과의가 오른팔에 장애를 입었다. 같은 조건으로 동업이 지속될 수 없는 이유는 명백했다. 그와 그 친구의 능력이 달라진 것이다.

친구는 몸이 불편한 상태로 출근을 유지했다. 모든 환자들이 그렇듯이 그 친구도 환자가 되더니 재활을 통해 모든 것이 원상태로 돌아가리라는 기대를 품고 있었다. 그러나 각자 자신이 처한 상황을 정확히 이해해야만 한다. 중환자들 심리를 모르는 건 아니나, 치료를 잘 한다고 해도 발병되기 이전의 원래 몸 상태로 돌아가기는 어렵다. 더 심해지지 않거나 다른 합병증 없이 일상생활을 할 수 있으면 그나마 성공인데, 환자들은 온전했던 상태로의 복귀를 꿈꾼다. 수술이 잘 됐다면서, 치료가 잘 되었다면서, 왜 아직도 기운이 예전 같지 않느냐며 담당의사에게 불평을 쏟아놓는다. 그때마다 그는 그만큼 사는 것만도 다행인 줄 알아요, 터져 나오려는 소리를 꿀꺽꿀꺽 삼켜야 했다. 친구에게도 해주고 싶은 말이었다. 겨우 목숨 구해

놓았더니, 장애인이 되었다고, 죽고 싶네 어쩌네 하는 통에 얼마나 어이가 없던지. 저를 살리려고 얼마나 많은 사람들이 애를 썼는지 알고 하는 소린지 모르고 하는 소린지 알 수가 없었다.

명색이나마 동업을 유지하고 있는 자기병원이 아니고서는 친구가 계속 일을 할 수 있는 곳은 없을 터였다. 당장에 헤어지고 싶었지만 개업자금으로 대출이 많이 걸려 있어서 재정정리도 쉽지 않았다. 그에게 불리한 조건이 되도록 문항을 꾸밀 필요는 없었다. 사고 때문에 혼자서 일한 동안의 보수와 세금정산을 해서 친구에게도 세금을 내도록 했을 때 친구는 안색이 변했다. 원하는 바였다. 갈등이 표면화되어야 동업을 파기할 수 있는 상황을 만들 수 있는 것이다. 사람은 각자 자기능력 안에서 살아가야 하는 것이다. 공짜 좋아하면 대머리가 된다는데 그렇게 따지면 그들이, 그 친구부부가 대머리가 되어야 마땅했다. 그는 결코 공짜를 취하지 않았다. 합리적으로 일처리를 했을 뿐이다. 동업은 의미가 없어졌고, 헤어지는 수밖에 없었다. 스트레스는 날려버리는 게 상책이라고 여겼다.

더디지만 조금씩 회복되고 있는 그 친구의 모습을 보는 것이 스트레스를 주기는 했다. 친구의 자세가 눈에 확 띄지는 않았지만 조금씩 좋아졌다. 날마다 눈여겨보는 사람에게는 큰 표가 나지 않더라도 오랜만에 보는 사람들은 현대의학의 신비

와 불가사의 운운하며 그의 회복을 놀라워했다. 그 친구가 조금씩 회복되면서, 사람들이 그 친구를 참 운 좋은 사람이라고 말하기 시작하면서 그는 재수가 없어졌다. 그 친구와 헤어지면 스트레스가 사라질 거라고 생각했다. 그는 이제껏 스트레스 없이 살았다. 그런데도 그의 머리털은 사정없이 뽑혀져 나가고, 후배 놈은 그에게 여전히 스트레스 운운하고 있었다.

새벽에 잠을 깬 그는 샤워를 하러 들어가는 대신 베란다로 나가서 서성거렸다. 어둠이 채 가시지 않은 거리를 혼자 마주했던 게 언제였는지 기억도 없다. 미명에 새벽안개가 흐르는 게 조금씩 드러나면서 흐린 주황색 옷들이 굼뜨게 움직이고 있는 게 보였다. 청소부일 것이다. 저렇게 굼뜨게 움직여서야 지난밤 취객이 던진 술병이 첫 출근 하는 사람들의 발길에 채이고 말 것이다. 청소부의 임무는 동이 트기 전에, 사람들이 거리로 쏟아져 나오기 전에, 거리정비를 마쳐야 하는 데에 있다. 저렇게 굼뜨게 움직이는 것은 상대방을 배려할 줄 모르는 것이다. 느리게 움직이기 때문에 도대체 그가 빠른 대처를 하기가 어렵다.

새벽 꿈자리에서도 굼뜨게 말을 하는 인간에게 짜증을 내다가 잠을 깼다. 얼굴이 흐릿해서 동문선배 같기도 하고 친구의 재판에 증인참석차 갔을 때 만났던 변호사 같기도 했다.

의자에 등을 기대고 편하게 앉아 기다리고 있는 그에게 다가오더니 바른 자세를 취해달라며 남자가 눈을 마주쳐왔다. 법원 앞에서 가해청년을 만나게 된 친구의 아내가 히스테리와 고성을 쏟아냈고 같이 있던 동생이 언니를 말리면서 도움을 청하자, 저는 의뢰인을 만나면 우선 감정부터 쏟아놓게 합니다. 감정을 먼저 다루지 않으면 더 곤란한 상황을 맞기도 하지요, 했던 그 사람이었다.

뭐야, 내가 사고목격자로 온 거지, 가해자로 온 거야? 뭘 똑바로 앉아라, 마라, 하는 거야? 내가 뭘 잘못했다는 거야, 하는 표정이었을 것이다.

그 변호사는 말씀드려도 되겠습니까? 하는 표정을 짓더니 입을 열었는데 느리게 말이 흘러나왔다. 꿈속에서 그 변호사는 동문선배의 목소리로 엉뚱한 소리를 하고 있었다.

잘못했다는 쪽으로 방향을 잡지 않은 겁니다. 합리적인 선이라는 것이, 이쪽과 저쪽을 왔다 갔다 하면서 형성되는 것인데, 이쪽에 서서 저쪽을 다녀오지 않으셨습니다. 저쪽을 다녀오는 것, 사람들은 그걸 도리라고도 하고 인간에 대한 예의라고도 합니다.

내가 저쪽을 다녀오지 않았다고 누가 그래? 어떻게 알아? 내

이미숙소설 당신의 이름은

가 다녀왔다고 말하면 다녀온 거지. 도대체 무슨 근거로 그런 말을 하지?

글쎄요, 저도 아직은 잘 모르겠습니다만 그건 저쪽에서 아는 겁니다. 과정에서의 만남이라고 표현합니다. 선생님은 이 과정에서 고통을 느끼셨는지요? 이쪽에서는 합리적인 선처럼 보여도 저쪽에서는 극한의 선이 되는 경우가 종종 있습니다.

뭐라는 거야?

그러니까 선생님은 저쪽을 다녀오지 않았다고 말씀드리는 겁니다.

선명하지 않은 모든 것이 그에게 스트레스가 되었다. 숲의 덩굴처럼 검게 엉켜있던 거웃까지 사라지는 거 아니냐고 전전긍긍하는 그에게 아내는 핀잔을 주었다. 그깟 털은 왜? 그것만 안 빠지면 되지. 아내는 그렇게 말했지만 선미는 그렇지 않았다. 선미는 미국에 있는 오빠네 집에 다니러 갔었다. 올케가 아이를 낳았는데 친정어머니도 아니고, 시어머니도 아니고 시누이 아가씨가 거길 갔다 왔단다. 그는 선미를 볼 수 없어서 짜증이 잔뜩 나 있었다. 그녀가 돌아온다는 날, 자정도 넘은 시간에 술 취한 그가 초인종을 눌러대자 졸음에 겨운 목소리로 불도 켜지 않은 채 문을 열고 나온 선미는 양팔로 그를 안았다. 그러나 그녀가 비명을 지르며 침대 머리맡으로 뛰어올라 벌거벗은 가슴을 두 팔로 감싸 안았을 때, 그는 그녀의 눈에 공포가 고인 걸 보았다.

뭐야? 왜 그런 거야?

잔뜩 독이 오른 그가 거칠게 다시 그녀의 몸 안으로 들어갔을 때 그는 흉측한 독사가 된 기분이었다. 싫다며 비명을 지르던 선미는 그가 일어나 옷을 입는데도 웅크린 채 기척이 없었다.

그는 계절이 바뀌어도 분기별 동문모임에 발을 끊은 것처럼, 다시는 그녀의 집에 갈 수가 없었다.

다시 가을이 깊어졌다. 나뭇잎이 툭툭 떨어지고, 나뭇가지는 맨살을 드러냈다. 그는 다시 악몽을 꾸었다.

옷을 벗고 이쪽으로 서 보세요.

거울 앞에 섰다.

거울에 누가 보이나요?

없어요.

무엇이 없나요?

재수가 없어요.

누가 없어요?

재수가 없다니까요. 재수가 없어졌다구요.

찾아보세요, 그럼.

그는 염통에 손을 집어넣었다. 그리고는 그가 번호까지 붙여가며 숨겨놓은 수북한 털들을 쓸어보았다.

다섯 손가락

그러니까 결론은 나더러 갈은 소고기 볶아오라는 거잖아.

그래. 지난번 슈퍼행사 때 나랑 같이 산 거 있잖아. 우리는 벌써 국수해 먹고, 동그랑땡도 만들어 먹고 그랬지. 너는 덩어리째 냉동실에 넣었다며.

니 오지랖은 우리집 냉동실까지 훤하다.

그럼 우쩌냐, 지금 사러 나갈 수도 없고.

그러니까 식당에서 사 먹으면 되지, 무슨 국수까지 삶아, 정신없다며.

괜찮아. 호박은 있으니까 내가 아침에 볶아 가고, 멸치 다시마 국물은 거기 가서 끓이고, 또 뭐 해야 되지? 아, 김치 썰어서 참기름 무쳐가고. 계란은 가게 거 먼저 써야 되니까 지단은 가서 부치고. 야, 너네 집에 날김 좋은 거 있으면 그것도 좀 뿌셔

와라.

으이구, 누가 말리겠니, 알았어, 알았으니까 그만 끊자.

벽시계 바늘은 벌써 훌쩍 돌아가 있었고, 어깨는 뻐근하고, 전화기도 뜨끈거렸다. 은희랑 전화할 때는 전화기를 탁자에 내려놓아야 한다는 걸 또 깜박하고 귀에 대고 있었다.

미경이 만난다고 다른 약속을 잡지 말라던 얘기는 마트에서 장을 볼 때 들었다. 그런데 바로 그 다음날 은희남편의 회사동료가 입원했다는 것이 은희 전화의 서론이었다. 입사동기이고 집도 가까워 가족들이 서로 오가며 지낸다는 것은 익히 들어 알고 있었다.

야, 그 집 엄마가 나를 보고 주춤주춤 걸어오더니 내 품에서 맥을 놓고 쓰러지는데 얼마나 기함을 했는지 몰라.

은희를 언니라고 부르는 그 집 여자는 그 자리에서 바로 일어나기는 했으나, 회사에서 쓰러져 병원으로 실려간 그 집 남편은 아직도 혼수상태란다. 은희는 그때부터의 일들을, 초등학교와 중학교에 다니는 그 집 아이 둘을 제집에 데리고 왔다가 애들 외할머니가 와서 다시 집으로 데리고 갔다는 것이며, 하필이면 그 집 여자가 얼마 전에 분식집을 오픈했는데 미리 주문해놓은 재료들이 있어 대신 처리해주느라 병원과 가게를 오락가락했다는 것을 하나도 빠뜨리지 않고 얘기했다.

본론은 미경이와 만나기로 한 날이 내일이라는 것이다. 어수선해서 다음에 보자고 전화를 하니 마침 미경이도 은희에게 전화를 하려던 참이었다고, 선주하고 어렵게 연락이 닿아서 내일 같이 온다고 했다는 것이다.

10년 만인지 20년 만인지. 오랜만에 선주가 우리를 보러 오겠다는데 거기다 대고 뭐라고 말하니? 만나기로 했다가 저 나온다고 우리가 안 만나는 스토리가 될 거잖아. 그렇다고 너희들끼리만 보라고 하기는 내가 좀 서운하고.

그래서 미경이와 통화를 하다가 생각해낸 것이 약속장소를 미경이네 동네에서 그 여자의 분식집으로 바꾸었다는 것이다.

그럼 어떡하니. 가게주인을 만나야 하는데 정확히 몇 시에 나올지 모른단 말이야. 그 주인이 나 모르쇠 하고 협조를 안 하는데 별 수 있냐. 가게 오픈하고 석 달도 되지 않아서 내놓는다 하니 성가시겠지. 그렇다고 뭐, 주인이 급할 거 있니? 장사를 못해도 월세와 관리비는 보증금에서 까면 되는데. 중간에서 부동산 아저씨가 어떻게라도 도와주려고 하고 있으니 그나마 다행이지 뭐.

그 집 엄마는 손맛 좋다고 주변에서 추켜세우는 바람에 애들 학원비나 보태볼까 하고 나섰던 건데, 자기가 분식집을 해서 남편이 쓰러지기라도 한 것처럼 혼비백산해서 가게부터 정리하려고 한단다.

와 보면 알아. 그 엄마가 얼마나 깔끔하고 예쁘게 꾸며놨는데. 빈 가게에서 옆 사람들 눈치 안 보고 종일 떠들어도 되고 좋지 뭐. 수다 떨다 배고프면 내가 거기서 김밥도 말아줄 수 있다니까.

그 말끝에 갑자기, 튀밥기계도 아니면서 말끝마다 펑 튀기는 재주가 있는 은희가, 또 일을 벌였다.

어머, 애, 우리 낼 거기서 국수 삶아먹자.

어디서? 남의 가게에서? 그건 좀 아닌 거 같은데.

뭐 어때, 식당인데. 그 엄마 일하는 거 도와준 적 있어서 내가 주방도 훤해. 선주가 온다는데 뭐라도 해먹이고 싶다야.

니가 걔 친정엄마니? 하며 면박을 주기는 했지만, 은희가 목소리까지 촉촉해지는 데야 별 도리가 없었다.

냉동실을 뒤져 고기를 꺼내놓고, 아직 식지 않은 전화기를 들고 영애의 번호를 찾았다. 혹 선주를 만나게 되면 자기에게도 알려달라고 했었다. 영애는 우리 아파트의 다른 동에 살고, 은희는 우리 아파트 뒷길로 오 분쯤 걸으면 닿는 아파트에 산다. 고등학교 친구들이 우연히 신도시 아파트에 모여 살게 된 것이다. 은희는 졸업하고 띄엄띄엄이라도 이어 만나던 친구고, 영애는 학교 때 같이 몰려다니지는 않았지만 두 번이나 같은 반이었다. 아파트관리소에서 처음 마주쳤을 때 영애는 내 안부가 아니라 우리들의 안부를 물었다.

너네는 지금도 자주 만나니?

자주 못 보지.

너희들 엄청 뭉쳐 다녔잖아. 다섯 손가락이라면서.

그랬지. 그랬는데 아줌마 되니까 제 식구들밖에 모른다고 숙경이가 나올 때마다 난리를 치지. 숙경이는 미국 살아. 은희는 저쪽 아파트에 살고, 미경이는 한 계절에 한 번은 보나? 그나마 숙경이가 와야 한꺼번에 다 불러 모으지. 숙경이 저도 큰 가족행사가 있을 때나 한 번씩 나오면서, 일박 여행이라도 가서 수다 떨자며 날짜를 잡고는 지 날짜에 못 맞추면 배신자라고 난리야. 안 나오면 트렁크 다 끌고 친구들까지 데리고 집으로 쳐들어간다고 협박전화부터 해. 멀리서 친구가 왔는데 하룻밤도 못 나온다는 게 말이 되니? 손이 왜 두 개야? 한 손은 가족에게, 한 손은 친구에게. 한국 가면 우리 친구들 다 모일 거라고 내가 얼마나 자랑을 하고 왔는데, 그러면서.

숙경이 말하는 모습이 눈에 선하다야.

응. 안 변했어. 그때랑 똑같아. 은희랑 슈퍼에서 고등어 한 손 사 가지고 반씩 나눌 때마다 숙경이 흉내 내면서 웃잖아. 바로 먹어야 맛있으니까 냉장고에 넣을 거 뭐 있니, 가족 한 마리, 친구 한 마리 그러면서.

선주는?

선주는, 걔는, 연락이 잘 안 되네. 본 지 꽤 됐어.

하긴, 결혼하고 애 낳고 한 십 년쯤 지나면, 학교 때 친구들은 뿔뿔이 흩어지고 동네 아줌마들이랑 놀게 되더라.

너는 선주랑 문예반 오래 했지?

응, 어떻게 지내는지, 가끔 선주 생각이 나. 선주 만나게 되면 나도 한번 보게 해줘.

냉장고에 넣어놓은 쇠고기는 아직 덜 녹아 있었다. 비닐장갑을 끼고 덩어리를 부수는데 손바닥이 얼얼했다. 프라이팬에 마늘과 쪽파를 잘게 썰어 넣고 후추를 뿌려서 쇠고기를 볶았다. 김도 구어 지퍼백에 잘라 담았다.

분식집을 찾아가니 은희는 멸치국물을 끓이고 있었다. 미경이가 금방 도착했고, 영애도 롤케익을 사 들고 왔다.

쟤 선주지?

길 건너편의 전철역 출구를 가리키며 영애가 손을 흔들었다.

맞지. 우리의 주인공.

미경이가 문을 열고 마중을 나갔다.

어휴, 쟤 뜬금없는 건 여전하다. 저 앞에서 귤이나 한 봉지 사들고 들어오지.

은희가 김이 나는 국자를 쥐고 나와 흔들며 웃었다. 역 출구에 서서 주변을 돌아보고 있는 선주의 손에는 장미꽃 한 다발이 들려있었다. 선주네 사정이 별로 좋지는 않은가 보다고 미경이가 그 집 소식을 전하던 참이었다.

선주가 들어와서 선반에 장미꽃 다발을 올려놓았다.

오랜만이다. 너희들은 여전하구나.

네가 제일 여전하다.

정숙이, 네 말투도 여전하네.

선주가 웃음기 없이 말을 받았다.

야, 마흔다섯에 아직도 긴 머리카락 늘어뜨리고 있는 네가 제일 여전하다니까.

어머, 쟤네 좀 봐. 둘이 붙으니까 어쩜 그때 그 말투가 금방 살아나니. 신기하다야. 우리가 사랑하고 동시에 또 서로 질투하던 그때, 맞아, 서로를 못 깎아내려 안달하다가도 다른 애들이 우리 험담하는 건 한 톨도 못 보고 함께 달려들던 그때 그 말투다. 으, 소름. 고딩 때 일기장 보는 것 같아.

미경이가 어깨를 올리고 두 손으로 양팔을 쓸어내렸다.

미경이 너 고등학교 때 일기장 있어?

이미숙소설 **당신의 이름은**

없지.

나는 있어.

그래. 선주 너는 틀림없이 있을 줄 알았어.

선주야. 나도 왔어. 정숙이랑 같은 아파트에 살아.

영애가 선주의 손을 잡았다.

응. 반가워. 근데 너 학교에 있지 않았어?

아이들 뒷바라지한다고 사표 냈어.

쟤네 애들 둘 다 수학영재 소리 듣잖아.

은희가 거들었다.

아니. 꼭 그런 건 아니야. 너는? 선주야, 너는 어떻게 지냈어?

나?

선주의 큰 눈이 차례로 친구들 눈과 마주쳤다.

내가 어떻게 사는지 궁금하구나. 이슬만 먹고 살아. 시 쓰면서.

어휴, 저게.

은희가 때릴 듯이 국자를 휘둘렀다.

야, 국수나 먹자. 정숙아, 그릇 좀.

선주가 오면 국수를 넣겠다고 물만 설설 끓이고 있던 은희가 어느새 부글부글 국수물이 차오르는 냄비를 찬물 통에 부었다. 매끈하게 헹구어 낸 소면을 손에 감아 그릇에 담아 주었고,

미경이가 국수에 고명을 얹었다. 영애는 국수그릇을 받으며, 입을 다물지 못했다.

어머, 호박에, 계란지단에, 예뻐서 이거 사진부터 찍어 놓고 먹어야 되겠다. 이걸 언제 다 했니?

너네 온다고 정숙이랑 둘이 했지.

오지랖 은희가 일을 벌일 때마다 내 몫 떼어주는 재주가 남다르잖냐.

그러게 너네는 어떻게 또 한동네에서 만났냐.

영애야, 너도 여고 때 정숙이 엄마 국수 먹어봤니?

아니.

이 잔치국수의 원조가 정숙이네 집이잖아. 쟤네 집에는 일하는 사람이 많으니까 엄마가 수시로 국수 삶아 주셨는데 정말, 진짜, 맛있었어. 딸 대신 내가 전수받아서 시댁 식구들한테 칭찬 좀 받았지. 우리 남편은 장모님한테 배운 국수라며 어찌나 자랑을 하는지, 정숙이가 왔을 때도 한바탕 자랑을 해대서 우리 둘이 배꼽을 잡았잖아. 열무김치가 없어서 좀 안타깝네. 미경아, 정숙이네 집에서 열무김치로 국수 감아 먹던 거 생각나?

나지. 나는 양념간장이 맛있어서 자꾸 퍼붓다가 국수 더 넣고 국물 더 붓고 그랬잖아.

이미숙소설 당신의 이름은

선주의 국수그릇에 눈물이 뚝 떨어졌다.

애는 또 무슨, 야, 국물 싱거울까 봐 짠물 보태냐?

미경이가 티슈 곽을 가져다 놓으며, 은희 국수가 선주를 울리네, 했다.

정숙이가 볶아온 소고기가 옛날 맛을 불러낸 거지.

은희의 목소리가 촉촉했다.

엄마 안녕하시지?

선주가 눈물을 훔쳐내지도 않고 물었다.

일찍도 물어본다. 친구들 얘기하면 네 안부도 꼭 챙기시다가 오 년 전에 돌아가셨다.

돌아가셨다는 소리에 선주가 두 손으로 얼굴을 가리며, 흑, 소리를 냈다.

선주는 정말 여전했다. 그 애의 슬픔이 우리를 흔드는 것도 여전했다. 깔깔거리며 뭉쳐 다니던 여고 때, 학부모대표로 학교에 기부도 많이 하고 선생님들 단체회식 자리도 자주 마련하곤 했던 선주 아버지는 동업자가 사기를 치고 달아나는 바람에 자리에 앓아누우셨었다. 돌아가실 때는 가뜩이나 편애하던 딸인데 더 예쁘게 해주지 못하는 걸 제일 가슴 아파했다. 큰 키에 워낙 마르고 쌍꺼풀이 진해서 선주의 미소는 서구적이었다.

그러나 그때부터 선주는 중국의 포사처럼 웃지 않는 미녀로 소문이 나면서 남학생들의 가슴만 태웠다. 울지도 웃지도 않는 선주를 끼고 다니면서 우리는 그때 여고생의 감수성으로 슬픔 그 자체를 사랑했을 것이다. 어른들의 생활고가 배제된 그때 우리의 슬픔은 투명하게 아름답기만 했을 것이다.

선주는 우리와 같이 대학을 진학하지 못하고, 집안끼리 알고 지내던 남자와 바로 연애를 시작해서 금방 결혼을 했다. 선주의 사랑은 물론 우리의 사랑이 되었다. 선주가 첫딸을 낳았을 때, 대학생이었던 우리는 우주의 신비 앞에 놓인 것처럼 입을 다물지 못했고, 꼬물거리는 아기의 손을 먼저 만져보려고 가위바위보로 순서를 매겼다. 선주의 딸 은서는 우리 모두의 첫딸이 되었다. 백일 때 입는 옷이 무엇인지 보러 다니고, 돌 때는 반지를 선물할지 팔찌를 선물할지를 두고 서로 다투었다. 선주의 애경사를 중심으로 모였던 다섯 손가락은, 졸업하고 하나둘씩 각자의 애경사를 만들면서, 은희 결혼식에는 미경이가 아기 돌잔치와 겹쳐서 오지 못하는 등의 마음과 몸이 서로 어긋나는 일들이 생기기 시작했다. 숙경이가 미국으로 유학 가는 남자와 결혼해서 떠나자 그나마 구심점을 잃고 사방으로 흩어졌다. 선주가 산후우울증에 시달린다는 소리도, 남편이 등을 떠밀어 대학에 입학했다는 소리도, 시를 써서 잡지에 등단을 하고, 대학원까지 졸업했다는 소식도 소문으로만 들었다.

은희는 선주의 국수그릇을 들고 일어나서 국물을 덜어내고 다시 따뜻한 멸치국물로 채워주었다. 형제만 순서가 있는 게 아니다. 동갑내기 친구들도 다 자기 자리가 있다. 숙경이와 은희가 엄지와 검지, 미경이가 중지, 나는 약지, 키는 제일 큰 선주가 새끼손가락이었다.

부동산 아저씨가 문을 열고 들어오다 눈이 휘둥그레졌다.

오늘 장사해요?

아, 아니에요. 친구들이 모여서, 국수 삶아 먹었어요. 들어오세요. 사장님도 한 그릇 드세요.

은희가 손을 잡아끌듯 반겼다.

야, 이거 맛있게 생겼네요.

군침부터 삼키던 부동산 사장은, 국물 한 입, 국수 한 젓가락을 넘기고는 입을 다물지 못했다.

가게 인수할 사람 따로 찾을 것도 없네, 이거 누구 솜씨요? 내가 장담하는데, 가격만 좀 맞으면 점심때 줄 서겠어요. 여기서 국숫집 해봐요. 이따 집주인 나오면 국숫집으로 재계약합시다.

부동산 사장이 빈말이 아니고 참말이라며 몇 번이나 떠들썩

한 칭찬을 하고 나가자 미경이가 은희에게 물었다.

남편이 쓰러졌다며 그럼 정신 차리고 안 하던 가게라도 해야지, 왜 하던 가게부터 없앤다니?

병실을 떠날 수도 없고, 사람 두고 할 규모는 아니고, 앞으로 병원비 들어가는 것도 수월치 않을 텐데, 불안하겠지. 계약기간이 있으니 장사는 안 해도 월세와 관리비는 꼬박꼬박 내야 하니까 보증금까지 다 까먹게 생긴 거지. 애들 학원비나 보탠다고 재미삼아 시작해서, 겨우 두 달 남짓 했어.

목소리에 시름을 가득 담았던 은희가 손바닥을 딱 쳤다.

야, 우리 불우이웃돕기 일일찻집 하던 거 생각나지? 여기서 우리 국숫집 할까?

은희가 또 딴소리할 때는 일어나는 게 상책이었다.

나는 진짜로 대리기사 하러 가야 돼. 직원이 몸살 나서 안 나온다고 아까부터 문자 왔어.

가만 보면, 쟤네 집 남자는 아까운 와이프를 툭하면 기사로 써먹더라.

아까우면 그러겠냐? 간다.

영애도 가방을 집어 들며 인사를 하고 따라 나왔다.

은희야, 국수 잘 먹었어. 선주야, 다음에 또 보자.

대리기사 해주고 그냥 집으로 들어갔어야 했다. 소고기 볶아온 그릇을 가져가려고 분식집에 다시 들렀더니 선주만 혼자 창가에 앉아있었다. 미경이는 셋째 오는 시간에 맞춘다고 집으로 갔고, 은희는 가게주인 나왔다는 말을 듣고 부동산에 갔다고 한다.

선주는 내내 창밖으로 시선을 두고 있다가 아주 먼 곳에 있는 사람을 부르듯이, 코앞에 있는 나를 불렀다.

정숙아.

불러놓고는 또 한참 지나가는 사람들만 쳐다보았다.

불우이웃돕기 하자.

뭐? 뭘 하자고?

너는 네 방 있니?

안방이 내 방이지.

우리집은 거실 미닫이를 닫아야 안방이 돼. 그 방에는 종일 티비만 보는 남편이 있어. 나는 현관방으로 문을 쾅 닫고 들어가는 딸이 부러워. 은서는 내가 방에 들어오는 걸 싫어해. 은서가 그때, 우리 아빠가 앓아 누었을 때처럼 여고생이야. 나는 아빠 닮은 사람을 원했던 것 같아. 아빠처럼 해줄 줄 알았거든. 파산한 건 똑같이 닮았어. 남편이 우리 아빠와 다른 건, 딸을 보고도 애달파 하지 않는다는 거. 은서가 그때의 나와 다른 건,

친구들이 없다는 거. 그 차이가 있네.

　창밖의 사람들은 쉼 없이 걷고 있었다. 빨리 걷고 있는 사람들이 있거나 천천히 걷고 있는 사람들, 힘겹게 다리를 끌며 걷고 있는 사람들이 있었지만 전철역출구를 빠져나와서 걷지 않는 사람들은 없었다. 선주와 나는 사람들을 처음 보는 것처럼 가게 앞을 지나가는 사람들을 보고 있었다. 은희가 들어와서 투덜거릴 때까지.

　아무리 계약서를 썼다 해도 그렇지. 이 건물에서 매달 나오는 월세가 어마무시할 텐데 어쩜 그리 인색하게 구는지. 사고당한 사람 월세라도 깎아주면 좀 좋아? 영감탱이가 바늘 한 땀도 안 들어간다.

　불우이웃돕기 하자.

　뭘 하자고? 정숙이 네가 웬일?

　하자고. 일일국숫집이든, 이일국숫집이든.

　그러니까 왜 그런 생각을 했다니?

　선주가 거리에서 시선을 거두고 일어서며 말했다.

　내가 불우이웃이잖아.

　은희는 어안이 벙벙한 채로 말을 잇지 못했다.

　내가 여기로 출근하려고. 정숙이가 오늘처럼 소고기 볶아다주면, 내가 국수 삶을게.

　　　　　　　이미숙소설 **당신의 이름은**

오지랖 은희가 낮에 모였던 친구들을 밤에 다시 전화기 앞으로 불러 모았고, 다음날 부동산 아저씨를 대동하고 나가더니 헝겊으로 임시간판을 해왔다.

잔치국수. 11시부터 2시까지.

손가락들이 다시 모였고, 숙경이 대신 영애가 계란지단을 맡아 해주었다. 집이 먼 미경이가 틈나는 대로 김을 잘라다 놓기로 했고 소면 값을 대겠다고 했다. 은희는 아침마다 호박을 볶았고, 나는 마트에서 원 플러스 원 행사를 할 때마다 갈아놓은 소고기를 사다 쟁여 놓았다. 맛있는 한우는 너무 비싸고, 수입소고기는 잘못 사면 고기 맛이 덜 나고 퍽퍽하기만 해서 조금 사다 볶아보고 괜찮으면 다시 달려나가곤 했다.

살아보니 생긴 대로 살 수가 없는 경우가 많다. 선주가 그랬다. 머리를 올려 묶은 선주는 제법 아줌마티를 냈고, 우리는 하루씩 당번을 정해서 손을 보탰다. 남편의 대리점직원들도 맛있다며 자주 왔고, 은희네 성당식구들이 많이 와줘서 준비한 재료가 남는 날은 많지 않았다. 재료가 남은 날에는 부동산 아저씨가, 때를 놓친 주변사람들을 불러다 먹였다. 영애는 당번 날 엄마들 반모임을 거기로 정하고, 부침개 거리를 한 통 준비해 와서 엄마들에게 서비스를 했다. 그걸 보고 선주는 간간이 부침개도 부쳤다. '재료 소진 시까지'라고 써 붙였어도, 아직 두 시가 되지 않았다고 떼를 쓰는 손님도 있어서 선주는 얼른 호박을 더 볶아야 하는 날도 있었다.

당번이 아니어도 우리는 시시때때로 불려나왔다. 그날은 비가 와서 사람들 얼굴 대신 우산 구경을 했다. 전철역 출구에서 파는 우산은 일회용이라는 말이 무색하게 예쁘고 튼튼했다.

비도 오는데, 오늘은 바지락 듬뿍 넣고, 칼국수 삶아야 하는 거 아니니?

한 우물만 파자고 맹세시킨 건 너고.

당번도 아닌데 아침부터 초인종 누르고 끌고 나온 건 너고.

은서한테 무슨 일 있는 건 아니겠지? 선주가 학교 불려간다며 전화했는데, 좀 걱정되네.

은서가 지 엄마 국수장사 하는 거 싫어했다며.

아무것도 안 하고 있으면 아무것도 안 한다고 싫어했겠지.

그러게 선주가 손들 때가 됐는데. 무슨 일일국수집을 이렇게 오래 하냐.

불우이웃돕기 하자고 한 건 너고.

불우이웃 들으라고 정보 제공한 건 너고.

은희와 서로를 향해 손가락 총을 겨누고는 그 동시성에 입

이미숙소설 **당신의 이름은**

에서는 총알 대신 웃음보가 터져 나왔다.

웃는데, 유리문을 사이에 두고 오빠의 시선과 마주쳤다. 밖에서 마주치면 낯설기만 한 오빠의 나이든 얼굴이었다.

오빠가 어떻게 여길?

지나가다 보니까 네가 말한 헝겊간판이 딱 보이던데.

어머, 오빠, 안녕하세요? 은희예요.

어, 그 목소리 그대로네.

케이크 상자를 든 남자도 한 명 뒤따라 들어왔다.

인사해. 우리 여동생과 친구야.

이 분이죠? 형님이랑 닮았어요.

에, 아닌데. 닮았다 하면 서로 싫어하는데.

닮았어, 오빠하고 너랑 표정이 똑같은 걸.

은희 눈에 아지랑이가 피었다. 오빠를 저렇게 보는 건 은희였고, 오빠가 그렇게 본 건 선주였다. 지난주 아버지 제사 때 분식집 얘기를 했는데, 그걸 듣고 오빠가 여기까지 올 줄은 몰랐다.

어쩌냐, 오빠 첫사랑은 딸내미 때문에 학교에 불려가고 내가 대신 나와 있는데.

오빠는 긍정도 부정도 하지 않고 선하게 껄껄거렸다.

비가 오니까 엄마 국수가 생각나더라. 진짜 눈물 나게 맛있는지 먹어본다고 이 친구도 따라왔잖아.

왜? 프랜차이즈라도 하시게?

상품성 있으면 고려해볼 수도 있지.

그러니까 진짜사업가는 놔두고 가짜사업가한테 시집을 간 거라니까 선주 그 지지배가.

그 소리는 삼켜야 했다. 지난 일이었다.

미인들이 썰어서 그런가? 계란 색깔이 원래 이렇게 예쁘게 나오는 건가요?

같이 온 손님은 계란과 호박 색깔에 홀린 것 같았고, 은희의 정성 어린 국수그릇을 받아든 오빠는 선주처럼 눈물이라도 흘 릴 기세였다.

정말로 엄마 잔치국수 맛이네. 여동생 하나 있는 건 오라비 한테 엄마 국수 한번 끓여주지도 않고. 은희야, 고맙다.

우리 오빠 이거까지 먹으면 진짜 울겠네. 내가 인심 좀 쓰지.

선주가 어제 해놓은 건데, 비가 와서 더 맛있을 거야. 오빠 첫사랑이 손맛은 좀 있거든.

부침개 통을 꺼내 들었는데 선주가 문을 열고 들어섰다. 나 는 오빠의 얼굴이 잠깐 정지화면으로 얼었다가 풀리는 것을 보 았다. 같이 온 손님은 눈치도 없이 그릇째 국물을 후루룩거리 며 수선을 떨었다.

와, 국물 맛도 끝내줍니다. 여기 언제까지 해요? 데리고 올 사람이 있는데.

또 오세요.

나는 프라이팬을 선주에게 넘겨주면서 흔쾌히 대답을 했다.

그래. 원 플러스 원이다. 사업하느라 바쁘기만 했던 오빠의 얼굴에 잠깐 스치고 지나간 살구빛 홍조를 본 것만으로도, 자기도 모르게 한번 쿵쾅 뛰어오르는 심장 소리를 오빠가 들었을지 모른다는 것만으로도, 김이 나는 멸치국물을 담아내면서 내 친구 은희의 손가락이 보일 듯 말 듯 잠깐 흔들렸던 것만으로도, 그 흔적들만으로도.

살웃븐뎌 아으

벌써 며칠째 천둥과 번개가 엇박자를 내며 마른장마가 계속
되고 있다. 식구들 우산은 다 챙겨 내보내고도 정작 나는 우산
에 손이 가지 않았다. 베란다 창으로 다시 거리를 내려다보았
다. 버스정류장에 서 있는 사람들 손에도 접힌 우산들이 알록
달록 들려있다. 길가 아파트로 이사 온 후로는 창밖을 내려다
보고 외출채비를 하는 습관이 새로 붙었다.

입구에 나와 서 있는 경비원과 인사를 나누고 돌아서는데
오토바이 소리가 요란했다. 도로에 병풍처럼 늘어선 빌딩들이
방음벽 역할을 해주어 나름 한적한 이면도로가 잠깐 우르릉 흔
들렸다. 뒷모습이 야채가게 남자 같았다. 워낙 작은 체구에 눈
썹도 아래로 처진 얼굴이라 값 깎는 아줌마들에게 뭐라 성을
내어도 험해 보이는 인상이 아닌데, 어깨를 곧추세운 뒷모습이

이미숙소설 **당신의 이름은**

어째 이빨을 앙다문 짐승처럼 낯설었다. 탈탈거리며 야채배달을 오가던 오토바이에서 저런 굉음이 뿜어져 나올 수 있다는 것도 의외였다.

그런데 슈퍼 앞 길모퉁이에 앞서간 오토바이가 멈춰 서 있지 않았다. 평소와 달리 슈퍼 앞 공간도 휑했다. 바닥에 그어진 주차선만 선명하게 눈에 들어왔다. 자동차 두 대를 잇대어 대도록 주차선이 그어진 그 모퉁이는 방금 오토바이를 타고 지나간 그 남자의 야채트럭이 차지하고 있던 곳이었다.

이사 오던 날이었다. 좁은 길에서는 유난히 덩치가 더 커 보이는 이사트럭의 앞좌석에 앉아서, 운전자가 아슬아슬하게 운전하는 걸 보면서 식은땀을 흘리면서도 차를 피하지도 않는 사람들과 길가 야채상자들을 보았다. 그때는 도로에 나와 있는 그 상자들이 슈퍼에서 내놓은 건 줄 알았다. 그리고 한동안은 그 모퉁이를 지날 때마다 슈퍼에서 야채와 과일을 내놓고 시선을 끄는 줄 알았다. 행인들 불편하고 아이들 넘어질까 위험하다고 단속을 해도 주인들은 언제나 슬금슬금 가게 앞에 물건을 쌓기 마련이었으니까.

그곳에서 비질을 하고 있는 그 남자와 그 곁의 작은 트럭을 보았던 건 어느 늦은 귀갓길에서였다. 바닥을 채운 야채상자들에 눈이 팔려 낮에는 슈퍼 벽 쪽으로 붙여 세워져 있던 트럭이 눈에 들어오지 않았을 것이다. 그때, 그 모퉁이에 나와 있는 야채와 과일 상자가 슈퍼의 물건이 아닐지도 모르겠다는 생각이 들었다. 아파트 입구에 들어서기 전에는 그 모퉁이를 잠깐 돌아보기까지 했다. 초등학교 동창들과 늦도록 이야기를 나누고 헤어진 끝이라 그랬을지도 모른다. 뜬금없이, 그 남자의 비질하는 모습에서 옛 기억 속 한 장면이 어슴푸레 겹쳐 떠올랐기 때문이었다. 천변공터에 서커스단이 자리를 잡으면, 서커스단 천막 뒤로는 어김없이 트럭이 서 있었다. 학교를 가다보면 그 천막에서 아이들이 나와 아침안개를 등에 업고 세수를 했다. 식솔과 가재도구들을 그렇게 냇가에 풀어놓고 공연을 하다가 어느 날 흔적도 없이 말끔하게 떠나고 마는 서커스단의 트럭 탓이었는지 야채트럭도 곧 다른 곳으로 떠날지 모른다는 생각을 했었다.

그런데 다음 날에도, 그다음 날에도 그는 휴일도 없이 여전히 떠들썩하게 그 모퉁이를 차지하고 있었다. 한 정거장만 가면 대형마트가 있고, 둘째가라면 서러울 백화점이 바로 턱밑에 있는 동네에서 말이다. 단출해지는 식구들을 데리고 아파트 칸칸으로 들어앉기 시작하면서, 신문지나 검은 비닐에 담기던 찬거리들도 플라스틱 용기에 담겨 슈퍼마켓 진열장 안으로 칸칸이 들어앉았다. 사람들은 점점 지저분한 꼴을 보는 걸 싫어

이미숙소설 당신의 이름은

했다. 단독주택 담 안팎으로 보이던 골목의 살림들이 시야에서 사라졌고, 재래시장도 반듯반듯하게 구획정리하여 재건축되는 마당인데도 그 남자는 용케도 길모퉁이에서 날마다 시장을 열고 닫았다. 새벽에는 야채 상자를 줄줄이 꺼내놓고 팔다가 인적이 뜸해지는 늦은 밤이면 상자들을 도로 차곡차곡 실어 담았다. 그의 트럭은 밤마다 마술을 부리는 요술보자기 같았다. 배추, 무, 파, 오이, 상추, 등 일상 야채뿐만 아니라 치커리, 케일 등의 쌈 채소에, 웬만한 과일까지 종류별로 다 딸려 나왔다. 겨울에는 꽝꽝 언 동태나 오징어 궤짝도 가져다 놓았는데, 아침마다 그 작은 트럭에서 그 많은 상자들이 싱싱하게 채워져 나오는 게 신기할 뿐이었다. 사내는 짧은 잠을 자고는 또 부지런히 새벽시장에 다녀오는 모양이었다.

그는 가끔 한적한 오후면 길가 의자에 앉아 꾸벅이며 졸기도 했다. 한번은 오토바이 위에서 자고 있는 모습을 보고 깜짝 놀라기도 했다. 오토바이 뒷좌석에 널빤지를 덧대고 배달바구니를 두 개씩 달고 다니더니 그 날은 바구니들을 내려놓고 그 위에 모로 누워 잠을 자고 있었다. 저렇게 자다가 떨어지면 어쩌나 싶은데 바로 앞에 그의 아내가 앉아 있으니 그나마 다행이었다. 슈퍼 벽에 바짝 붙여 세운 트럭의 짐칸 끝에 줄을 묶어 간이천막을 치고 상자에 물건들을 놓고, 그 천막 곁으로 파라

솔을 하나 더 세웠는데, 그 아래가 그의 아내 자리였다. 아내는 덩치가 좀 있는 편이라 그 부부는 상대를 서로 더 크게도 더 작아 보이게도 했다. 분위기도 영 달랐다. 많은 사람들이 북적이는 것은 아니어도 그 앞을 지날 때마다 한두 사람씩은 야채나 과일을 고르고 있어서 쉰 듯한 그의 탁한 목소리는 사방으로 흩어졌다. 그의 아내는 파라솔 아래에 앉아있다가 물건을 골라오는 손님에게 파라솔 기둥에 매달아 놓은 비닐봉지를 잡아당겨 담아주면서 맛있게 드세요, 하며 인사했다. 소리를 끌어올려 말하는 남편과는 달리 아내의 말소리는 언제 말을 했는지도 모르게 부드러웠고 짧았다.

"저쪽에서 오다 보니까 도금봉이가 나와 있는 줄 알았잖아."

어떤 할머니가 인사 삼아 한 말이었다. 살이 붙어 얼굴이 뽀얀 그의 아내가 입매며 풍채가 그 배우와 닮기는 좀 닮았다 싶었다. 나도 얼핏 그녀가 누군가와 닮았다는 생각을 하던 차였다.

"뚱뚱하다고 하는 소리쥬?"

"도금봉이 얼마나 미인이었는데 그래. 빼짝 마른 요즘 여자들은 인형 같고, 뭐 볼 거 있어. 안 그래?"

미인이라는 소리에 헤헤 웃으면서도 그 남자는 볼멘소리를 덧붙였다.

"아이구, 그런 소리 자꾸 하지 마세요. 헛바람 들어요."

"아이구, 그렇게 걱정되면 신주단지 모시듯 집에 모셔 두든지. 길바닥에 앉혀 놓고 인물구경은 다 시키면서 뭘 그래."

"그러니까 부자 돼서 얼른 좀 들어앉히게 이것저것 좀 팍팍 사 가라니까요."

팍팍 좀 사 가요. 그 남자가 자주 하는 말이었다. 그 남자는 시끌벅적하게 야채를 팔았다.

그 모퉁이 가게에서 내가 처음 산 것은 쪽파 한 움큼이었다. 그 날은 한 아주머니가 시비조로 그 남자를 몰아붙이고 있었다.

"뭔 쪽파를 이렇게 많이 묶어 놓고 팍팍 사가래?"

"많이 드시라고 많이 묶었겄쥬."

"쪽파로 밥 하나? 식구가 몇이나 된다고 이렇게 한 다발씩 묶어놔. 한 주먹만 팔아."

"어디 봐유. 한 주먹이 얼마만 한가. 재 봐야 알지유."

"대로에서 어디 남의 여자 손을 막 잡아."

그 남자가 파안대소를 하며 쪽파 단의 끈을 확 풀어 제쳤고 아줌마는 허리를 굽히고 엄지와 검지로 쪽파 한 주먹을 집어 들었다. 싱싱한 쪽파의 뿌리 흙냄새에 이끌려, 나도 냉큼 천막 안으로 발을 들여놓았다. 작은 단으로 사다 놓아도 냉장고에

서 며칠 못가 말라버리는 게 생각나서 쪽파를 한 움큼 집어 드
는 거로 그 남자와 첫 거래를 텄다.

　그렇다고 그가 마냥 순박한 장사꾼 노릇만 하는 것은 아니
었다. 값을 물어볼 것도 없이 물건만 들고 가서 카드 내밀고,
계산대의 찍찍 소리와 안녕히 가시라는 소리만 듣는 슈퍼에 가
는 여자들이라도 그 모퉁이 노점에 들어서면 그 남자의 수선에
버섯이나 제철과일 하나쯤은 더 사기 마련이었고, 명절 턱밑에
는 전 거리를 다듬다가 빠진 채소를 사러 뛰어나가면, 그는 물
건을 꺼내들면서 꼭, 나도 안 가져오려다가요, 하며 뜸을 들였
다. 비싸다고 사지 않을 상황이 아닌 것은 그도 알고 나도 아는
일이었다. 봉지에 넣어주면서, 말도 안 되지유? 비싸긴 한데 기
생오라비같이 잘 빠졌쥬? 하며 웃음 속에 장삿속을 버무려내
기도 했다. 그래도 필요한 만큼 골라 사는 재미도 있거니와 호
박 하나 사자고 슈퍼 안으로 들어가 계산대에 줄 서기가 번거
로울 때는 길에서 손쉽게 하나씩 사들고 왔던 까닭에 나도 제
법 단골 티를 내게 되었다. 다른 곳에서 산 슈퍼봉투를 들고 그
앞을 지나게 될 때는 슬쩍 눈치도 보였다. 수박 사러 가서는 한
가하게 졸고 있는 남자를 깨운 탓에 가격도 모양도 맘에 썩 들
지 않았어도 그냥 사 들고 오는 의리가 쌓이기도 했다. 낯선 동
네로 이사를 왔어도 어디든 먼저 마음이 풀어지는 곳이 있기

마련이었다.

맛있는 열무가 들어왔으면 다 팔리기 전에 사다 놓고 외출을 할 요량이었다. 부러진 생강 반쪽은 그냥 덤으로 가져갈 거라고 그의 뒤통수에 대고 큰소리도 칠 참이었다. 그런데 모퉁이가 텅 비어 있는 것이다. 물어볼 사람도 없어 궁금한 채로 그 앞을 그냥 지나야 했다.

외출에서 돌아오는 길에도 모퉁이 바닥은 여전히 비어있었다. 아침에는 빗물로 번들거리던 바닥이 바싹 말라서 더 쪼그라들어 보였다. 그 좁은 바닥에 그 많은 야채상자들을 어떻게 다 펼쳐놓았을까 싶은 공간의 조화만 놀라웠다.

슈퍼에서 계란을 사 들고 계산대에 서서 물었다.

"야채가게 안 열었네요?"

"예."

슈퍼남자의 대답이 뚱했다. 남자의 입을 열 요량으로 덧붙였다.

"있다 없으니까 아쉽네요."

"그러게, 그 망할 놈 떠드는 소리가 없으니까 벌써 사람 사는 거리 같지가 않네요."

다른 손님이 들어와 부탄가스를 찾아달라고 하는 바람에 슈

퍼남자는, 든 자리는 몰라도 난 자리는 표가 난다더니, 소리를
하고는 입을 닫았다. 겹치는 품목들이 있으니 아무래도 계란
이라도 한 줄 더 팔릴 텐데, 하루 비웠다고, 망할 놈, 소리까지
하는 걸 보니 무슨 사달이 나긴 난 모양이었다. 몸살이라도 난
거라면 트럭 속에 남은 야채와 과일들 때문에 그의 아내가 하
루 이틀쯤은 혼자 장사를 할 수 있을 터였고, 늘 나와 있는 것
은 아니지만, 명절 밑이나 휴일저녁에는 가끔 엄마 닮아 키가
큰 딸이 나와 있는 것도 본 적이 있었다. 게다가 그 집에는 함
께 사는 아내의 여동생도 있었다.

그 여동생은 주로 슈퍼 입구 쪽에 목욕탕의자를 놓고 앉는
다. 그의 아내가 간이영수증 뭉치를 가지고 앉아있는 파라솔
아래가 그 노점의 본부라고 치면, 여동생은 그 천막 아래를 벗
어난 반대편에 앉아서 오가는 사람들을 구경하는 게 일이다.
슈퍼에서 내놓은 과자 가판대 바로 아래라서 눈여겨보지 않으
면 잘 뜨이지는 않는데, 그녀를 돌아보게 되는 건 목소리 때문
이다. 언니의 조용조용한 목소리와 달리 그녀의 톤은 형부와
닮았다. 높고 긁히는 소리가 났다.

"저 학생은 어제도 죠스바 사 먹었어요."

"저 사람은 이 층에 살아요."

쉬지 않고 사람들 모습을 중계 방송하는데, 부부는 들은 체

이미숙소설 **당신의 이름은**

도 하지 않았다. 단골들이 아내에게, 동생도 나와 있네, 하고 아는 체를 하면 힐끔 한 번 돌아보고는 그만이었다.

"머리는 좋은 거 같은데, 이쪽에 와서 돈이라도 받으라고 하지 그래."

가게 안이 답답하다며 손님이 없을 때면 밖으로 나와 앉는 칼국수 집 할머니는 그녀를 볼 때마다 그 소리를 했다. 혼기도 훌쩍 넘긴 처녀가 애들처럼 길가에 앉아 동네 참견만 하고 있다고 혀를 찼다. 여동생을 한 번 힐끔 쳐다보고 빙긋 웃고 마는 아내 대신 남자는 목청을 높였다.

"머리 좋다는 말 마세요. 우리 처갓집은 머리 때문에 망한 집예요."

살짝 웃는 아내의 입꼬리가 슬쩍 내려가는 걸 보지 못한 남자는 아랑곳없이 사설이 길었다. 처가가 원래 머리가 좋은 집안인데, 할아버지도 뇌중풍으로 쓰러져 앓다 돌아가시고, 처남은 오래전부터 정신병원에 있고, 처제도 정신지체판정을 받아서 장인장모 돌아가시고부터는 처가에서 유일하게 머리가 멀쩡한 자기 아내가 여동생을 거두고 있다는 소리를 했다. 그러면서 꼭 덧붙이는 말이 자기 딸은 엄마 닮아서 시키지도 않은 공부를 아주 잘해서 기숙사가 있는 학교에 장학금을 받으며 다닌다는 것이었다.

마른장마가 벌써 열흘을 넘기고 있었다. 슈퍼 앞 주차장엔 여전히 햇볕만 혼자 놀고 있다. 그 남자는 좀처럼 시장을 다시 열지 않았다. 그렇다고 뭐 크게 아쉬울 건 없었다. 모퉁이 슈퍼에도 깔끔하게 비닐포장을 해놓은 바나나며 콩나물 등 간단한 찬거리는 있고, 몇 집 건너에는 친환경 물건만 판다고 우기는 경쟁 슈퍼도 있다. 인근 대형마트에서도 넓은 주차장을 마련해놓고 고객흡수에 열을 올리고 있다. 그러나 장보는 취향도 서로 조금씩 다른 법이다. 대형마트라고 해서 필요한 물건이 다 있는 것도 아니며, 도통 묶음 판매에는 손이 가지 않아 동네 슈퍼로 다시 오는 경우도 있다.

계산대에 줄을 서는 게 익숙하지 않은 노점 단골 할머니가 가게 앞에 나온 슈퍼남자에게 여기 야채시장을 누가 없앴느냐고 투덜댔다. 그의 아내를 도금봉이라 불렀던 할머니다.

"없애긴 누가 없애요. 다른 차들은 얼씬도 못하게 하면서 저 슈퍼 집 형제가 얼마나 살뜰하게 챙기고 있는데."

칼국수 집 할머니가 팔을 휘저으며 역성을 들었다.

"그럼, 진수 그 사람이 어디 아픈 거유?"

"아프긴. 두 다리 멀쩡허니 사방팔방 지 마누라 찾아 쏘다니고 있구만."

자기 아들이 집이라도 나간 것처럼 칼국수 집 할머니는 벌컥 화를 섞어 말했다.

"도망갔어? 어디서 그런 신랑을 만난다고 도망을 가. 마누라를 왕비 보듯 하던데."

"지랄. 왕비는 무슨. 그럴 거면 안방에나 처박아두든지, 길바닥에 내놓았으면 의처증이나 거두든지."

"새벽부터 오밤중까지 그리 바쁘게 사는 사람들이 의처증은 무슨."

"그러니까 그게 미친놈이지 성한 놈이 그래?"

칼국수 집 할머니는 고개를 흔들며 안으로 들어가 버렸다.

"그러니까 뭐 때문에 사단이 난 거냐고."

단골 할머니는 장사하는 슈퍼남자를 붙잡고 늘어졌다.

"형이 아파서 병원 다니느라 우리집이 며칠 알바청년을 구했었잖아요. 그 덜떨어진 처제가 꼴에 여자라고 그 청년이 맘에 들었나 봐요. 슈퍼 턱밑을 지키고 앉아서는 그 청년만 살피고 있다가 그걸 지 형부한테 다 읊었던 거죠."

"뭐를?"

"그 사람이 오늘은 나를 몇 번 쳐다보았고, 언니는 몇 번 보았고, 나를 보고는 몇 번 웃었고, 언니를 보고는 몇 번 웃었고. 뭐 그런 걸 읊어댔다네요."

"그걸루 시비를 걸어?"

"진수 그 사람 어릴 때 엄마가 바람나 집 나가고, 할머니한
테 어떻게 세뇌를 당했는지, 식구들한테 끔찍하게 잘하다가도
마누라를 또 얼마나 쥐 잡듯이 하는지 몰라요. 그 앞뒤 분간을
못하는 애한테, 언니가 오늘은 뭐를 하더냐, 묻는 게 일이잖아
요."

"아이구, 사는 거 참 살얼음판이다. 그 모자란다는 처제 말만
듣고 쪽박을 차? 동생 거두고 좋은 끝도 못 보고 어떡해? 그래,
지두 고단하니까 어디 숨었겠지. 오래야 있겠어? 애들이 있는
데."

"그래도 동생만 끼고 나갔잖아요."

"가재는 게 편이라고, 으이구, 진수 편만 드네."

할머니가 눈을 흘겼다.

버스를 타려면 빈 모퉁이를 돌아나가 오밀조밀 거리를 채
우고 있는 김밥집과 꽃집과 빵집을 지나 하니치킨집을 마주하
고 서게 된다. 하니치킨집 앞에는 벌써 며칠째 부서진 의자들
과 작은 테이블이 쌓여 있다. 수거해가지 않은 집기들을 볼 때
마다 슈퍼남자에게 들었던 그날의 소란이 꼬리를 물며 저 혼자
어수선한 생각을 키웠다.

진수라는 그 남자는 다른 일에는 덜떨어진 취급을 하면서도 마누라가 슈퍼 알바총각을 쳐다보고 웃었다는 처제의 보고에 그만 정신을 놓아버렸을 것이다. 벌렁거리는 가슴을 진정시킨다며 술까지 사다 마시고는 슈퍼 알바총각이랑 어떤 사이냐고 아내를 추궁하기 시작했을 것이다.

남편의 의처증을 아는 그의 아내가 평소처럼, 무슨 소리냐, 나는 아무것도 모른다, 했다면 어땠을까? 그날 그의 아내는 모르쇠 작전으로 밀고 나가지 못했다. 그날은 그만 깜박하고 자기 식대로, 그 사람은 총각도 아니라고, 같이 사는 사람도 있다는 설명이 먼저 나왔을 것이다. 우선 남편의 질투심부터 누그러뜨린다는 게 그만 남편도 모르는 얘기까지 나눈 사이라는 걸 증명부터 하게 되었던 것이다. 남편은 아내가 다른 남자와 이야기를 했다는 사실만 귀에 담았을 것이다.

슈퍼 알바를 끝내고, 밤에는 치킨집 알바를 하던 총각은 난데없이 가게로 뛰어들어와 길길이 날뛰는 그 남자의 억지소리에 놀라 자빠졌고, 가뜩이나 장사가 잘되지 않아 울화가 쌓였던 치킨집 주인은 수습을 한다는 게 그만 싸움만 더 키웠던 것이다.

다음날 치킨집 주인은 좁아터진 가게에서 죽기 살기로 다투던 지난밤의 잔해를 보란 듯이 내어놓고는 진수 그 남자의 트력을 압류시켜 버렸다고 한다. 그런데 그날 밤에 의자다리뿐만 아니라 야채가게 아내의 다리도 부러진 게 문제였다. 의처증으로 날뛰기는 해도 아내에게 손찌검까지는 하지 않는 그 남자가 그런 것이 아니고, 형부의 난동에 놀라 튀어나가는 여동생을 잡으러 나가다가 그의 아내가 그만 계단에서 굴렀다고 했다. 응급실에서 깁스를 하고 온 그의 아내는 남편이 잠깐 잠에 빠진 새벽녘에, 여동생만 데리고 사라졌다.

아내와 트럭을 함께 잃은 아침에 그는 어깨를 곧추세우고, 오토바이로 굉음을 내면서 아내를 찾아 나선 거였다. 그는 아직 시장으로 돌아오지 못했다. 여전히 비어 있는 그 모퉁이를 지나다가 문득 팍팍 좀 사 가라는 그 남자의 쉰 목소리가 들려올 때, 슈퍼 앞 통로에 앉아 계산대에 선 총각 얼굴을 한 번 보고, 먼 산을 바라보는 그의 시선을 따라가다 언니 얼굴을 한 번 보고, 다시 고개를 돌려 총각의 얼굴을 한 번, 아니 두 번도 보는 여동생의 표정이 떠오를 때, 늦은 태풍이라도 오는지 해가 사라지며 거센 바람이 그 빈 공터로 검은 비닐봉지를 낚아 올릴 때, 내 입에서는 뜬금없이 옛말이 튀어나왔다.

살읏븐뎌 아으*.

* 살읏븐뎌 아으 : 향가계 고려가요 〈정과정〉의 한 구절로, '슬프구나'라는 뜻.

이미숙소설 **당신의** 이름은

굽은 길모퉁이 저편

사이다를 마실 걸 그랬나? 우유 한 모금 넘기는 게 가시 박힌 밥 덩어리라도 삼키는 것처럼 껄끄러웠다. 갈증이 날 때는 단맛 나는 음료보다 우유가 백 번 낫다는 소리가 생각나서 골라든 우유였다. 어디서 들었더라? 입천장으로 들러붙는 젖 냄새에 미간을 찡그리다 말고 낭패라도 본양 어깨를 늘어뜨렸다. 엄마였다. 우유만 퍼 먹여 애들을 소 새끼로 키운다고 혀를 차던 엄마는 어느 날부터 우유팩을 신주단지 모시듯 했다. 유명한 의학박사가 텔레비전에 나와서 우유를 많이 마시라고 했다며 아침저녁으로 우유를 오물오물 씹어서 먹었다. 그리고는 하루 종일 아랫배가 더부룩해 죽겠다는 소리를 입에 달고 살았다. 노인들에게는 우유가 소화가 잘되지 않을 수 있으니 우유를 끊어보라고 했다가 된통 잔소리만 듣고 말았다. 아마 그 잔소리 끝에 갈증 날 때 우유를 마셔보란 소리도 들었을 것이다. 귓등으로 넘겨도 여러 번 듣다 보면 그 잔소리가 주문처럼 불쑥 앞장을 서는 때가 있다.

우유팩을 오므려 잡으며 가게주인을 향해 돌아섰다.

"진성사가 어디예요?"

그저 궁금해서 묻는 투긴 했지만 미안함을 꾹 잡아 누른 소리였다. 그럴 줄 알았다는 듯이 가게주인이 뜸도 들이지 않고 되물었다.

"걸어갈 거요, 차로 갈 거요?"

비칠거리며 가게에 들어와 냉장고의 우유를 꺼내 들 때는 땡볕 사막이라도 걸어온 사람처럼 굴었을 것이다.

"먼가요?"

"걸어도 되기는 한데."

요즘 사람들이 어디 걸으려고 하남? 그런 표정으로 내 구두를 흘깃 내려다보더니 가게문지방을 넘어서며 오른팔을 들어 올렸다.

"택시로 가려면 저기서 타면 되고요."

반도 더 남은 우유팩을 커다란 함지박쓰레기통에 출렁 내려놓으며 나는 얼른 가게주인의 손끝을 좇았다. 좀 더 비싼 걸 팔아 줄 걸. 정거장 앞이라 성가시게도 길들을 물어댈 텐데. 엄마

이미숙소설 **당신의 이름은**

는 길목에 앉아있는 노점상에게 적은 양이라도 꼭 물건을 사왔다. 옥수수 한 봉지, 찐 고구마 한 무더기, 밭에서 솎아 내온 아기배추 한 움큼, 금방 까놓은 강낭콩 한 공기. 그리고는 또 꼭 그만큼씩 생색을 냈다.

"차 매운바람 뒤집어쓰며 온종일 앉아있는 사람한테 길을 물어 먼지 들이키게 해놓고는 휑하니 그냥 가버리는 인정머리 들하고는."

사지도 않을 물건 값을 물어대며 좁은 진열대 사이에서 북적대는 조무래기 손님들에게 일일이 대꾸를 하고 서 있는 나들으라고 하는 소리였다. 초등학교 골목 안에서 문방구점을 하고 있는 나를 보면 엄마는 손바닥으로 가슴부터 치고 얼굴에 몇 번 부채질을 했다.

"물건을 파는 게 아니라 종일 말품만 팔고 서 있고만."

문방구가 골목 안에 있어서 길을 묻는 사람은 많지 않다. 어쩌다 한 번씩 코앞에 있는 학교가 어디냐고 묻는 사람이 있기는 하나 아주 가끔이었다. 그 사람들은 대부분 등 뒤로 교문을 보고는 계면쩍게 또는 활짝 웃었다.

"잘 들어유."

가게주인의 손짓에 나는 순하게 고개를 끄덕였고, 큰길 나오면 왼쪽으로 첫 번째 산모퉁이를 받아 외우며 가게를 나섰다.

바로 옆 공터에 빈 택시 두 대가 서 있다. 길 쪽으로 의자를 내놓고 앉아 신문을 읽던 택시기사가 이쪽을 보고 있다. 택시를 탈까 말까 망설이는 기색이라도 보이면 그는 즉시 일어나 택시 문을 열 것이다. 그리고는 시동을 거는 동시에 라디오 목청부터 키울지도 모른다. 라디오 소리에 생각이 미치자 나는 고개를 저었다. 라디오 소리 때문에 울퉁불퉁 자갈길에 시달린 사람처럼 멀미를 떠안고 버스를 내렸던 것이다.

시내를 빠져나와 버스에 오르내리는 승객이 뜸해지자 버스기사는 설거지 마친 주부처럼 라디오채널을 고르기 시작했다. 그때까지는 통로 가득 들고나는 사람들과 정거장 안내방송 때문에 라디오 소리가 그다지 크게 귀에 걸리는 줄도 몰랐었다. 자리도 많이 비고, 알록달록 요란한 상가간판 대신 빈 들판이 고즈넉하게 시야에 들어차는데 운전기사가 일 끝낸 주부처럼 이리저리 채널을 고르다 볼륨스위치를 잘못 건드렸는지 턱없이 높은 피아노 소리가 귀청을 때렸다. 가전제품을 상품으로 내건 퀴즈대회 소리가 또 혼을 뺐다. 절기를 묻는 퀴즈를 주부 셋이 모두 놓쳐버리자 누가 운전대라도 잠깐 잡아주면 방송국으로 훌쩍 달려가 냉장고 하나는 쉽게 건져올 것처럼 버스기사는 발을 구르다가 안타깝다며 또 채널을 휙 돌려버렸다. 다음

이미숙소설 당신의 이름은

채널에서는 편지를 소개하고 그 편지를 보낸 사람들을 전화로 연결해서 얘기를 나누고 있었다.

아버지. 저희들 다 커서 둘 다 돈벌이를 하고 있으니 이 방송을 들으면 어서 빨리 돌아오세요.

어머니가 돌아가신 후에 아버지마저 돈 벌어 오겠다며 집을 나가 어린 남매 둘이 서로를 의지해 자랐다며 울먹이는 소리가 흘러나오자 할머니 한 분이, 어이구, 저런. 애들이 부모노릇 하네, 하면서 혀를 찼고, 운전기사는 집 나간 그 아버지에게 욕설을 해대며 할머니의 동의를 구하느라 얼굴까지 뒤로 돌리며 운전을 했다. 창밖으로 고개를 돌리고 애써 무심한 척 앉아있었지만 치료시기를 놓쳐 어린애의 한쪽 눈이 보이지 않게 되었다는 사연과 함께, 전화선 끝에서 애 엄마의 목소리가 애처롭게 흘러나오자 어쩔 수 없이 목이 메었다. 핑그르 도는 눈물이 볼을 타고 떨어지기 전에 손끝으로 눈물을 찍어내려다가 그만 건너편에 앉은 여자애랑 눈이 딱 마주쳤다. 이어폰을 꽂고 손가락을 까닥거리던 그 애는 무심히 시선을 돌렸지만 속수무책 눈물바람을 하고 있던 나는 잔뜩 무안을 탔다. 버스를 내리기 바로 전에는, 술주정하는 소리, 울며 말리는 아이들을 밀어붙이는 소리가 들려왔다. 눈앞에서 그 장면을 목격한 것처럼 버스를 내렸을 때 나는 맨발로 도망 나온 여자처럼 입이 말랐다.

길도 모르는 초행길이니 택시를 타면 쉬울 것이다. 라디오
야 꺼달라고 하면 될 테지만 지금은 그 낯선 침묵 또한 편치 않
을 것이다. 말갛게 쏟아지는 늦가을 햇살도 나를 부추겼다. 보
폭을 크게 잡으며 걷기 시작했다. 괜스레 김칫국만 마셨다는
표정이 역력한 택시기사가 신문지를 잡은 손목을 곧추세우며
고개를 돌렸다.

떡집을 지나 비료상회 앞을 걸었다. 문방구로 출근하는 길
은 고층건물에 가려 햇빛이 밟히지 않는데 오랜만에 코끝에 햇
빛을 받으며 걷는 기분이 괜찮았다. 납작하니 엎드린 단층집
들이 운동장에 나란히 서 있던 어릴 적 친구들을 생각나게 했
고, 마당이 훤히 들여다보이는 모퉁이 집 앞에서는 풀썩 웃음
까지 나왔다. 이름만 기억나고 얼굴은 가물가물한 병호네 마
당과 닮았다. 나무대문을 밀고 들어가 엄마, 하고 부르면, 너희
엄마 안 왔다고 외치는 병호엄마의 걸걸한 목소리가 들릴 것만
같았다. 병호엄마의 타박에도 나는 돌아서지 않는다. 잔뜩 당
겨진 활시위처럼 팽팽한 시선을 문고리에 박은 채 서 있을 테
고, 바람을 타고 노는 날벌레들이 내 귓불이라도 건들라치면
기다렸다는 듯이 놀라서 한나절 땡볕 속의 매미처럼 자지러지
게 울어 젖힐 것이다.

아이고, 딸내미 때문에 산통 다 깼다. 쟤가 울어서 안 되겠다. 얼른 나가봐라.

병호엄마가 등을 떠미는 소리가 나면 엄마는 턱밑을 지나 가슴팍으로 흘러드는 내 눈물과 콧물을 닦아주러 마당으로 뛰어나오곤 했다.

어릴 때도 엄마를 찾으러 다니는 건 언제나 내 몫이었다. 엄마가 집을 비운 한낮이나 한밤의 정적 속에 웅크리고 앉아 더듬이를 감추고 있다가, 짜증이 난 아빠가 이웃집 아줌마한테 가서 엄마 어디로 갔나 물어봐라 소리치면 나는 곧장 엄마가 숨어 있는 집으로 튕겨져 나갔다. 보따리를 싸면서 엄마는 내게 꼭 말꼬리를 달았다.

"아빠가 나 찾아오란다고 병호네 집으로 어디로 울며 다니지 말어. 알았지?"

아버지가 돌아가신 후에도 어머니의 가출은 여전했다. 아들 며느리한테 서운한 일이라도 생기면 보따리부터 쌌다. 놀란 동생내외가 수소문을 하고 득달같이 달려가서 아무리 빌어도 소용이 없어서 엄마를 모셔오는 일은 도로 내 몫이 되었다.

앞뒤 변명을 늘어놓는 올케의 전화를 받고 나면 떨어진 밑반찬을 만들어 냉장고를 채우고, 가게를 봐줄 사람을 물색하면서 하루나 이틀을 잠자코 기다렸다. 아들네가 너무 잘 한다고 입에 침이 마르는 친구분네 가서 속앓이를 하며 하루를 지내거나, 혼자 사는 친척네로 옮겨서 반갑게 하루를 지내다가도 무언가 사소한 일로 마음이 맞지 않아 마음이 불편해질 무렵이면 나는 여기저기 한참을 찾아다닌 얼굴을 하고 엄마를 모시러 갔다.

젊은 엄마였을 때도 늙은 엄마가 되어서도 집을 떠난 엄마가 갈 수 있는 곳은 내 손가락 개수 안이었다. 나도 젊은 엄마의 나이를 넘기고 나니 나는 그것이 안쓰러웠다.

오늘은 진성사 법당에 엎드려 절을 하고 있거나 스님과 마주앉아 앞으로의 운세를 캐묻고 있을 것이다.

아침에 남동생이 훌쩍거리며 전화를 했다.

"엄마가 안 계셔."

엄마는 삼일 째 내과병실에 입원 중이었다. 엄마의 둘째 오라버니인, 외삼촌 장례식에 다녀온 날 밤에 속이 메슥거리고 어지럽다며 가슴을 치다가 기절을 했다. 병원에 도착하기 전에 일어나시긴 했는데, 엄마는 평소에도 엄마의 병을 콕 집어내지 못하는 의사들과, 의사 말만 믿고 어머니가 아프지 않다고 생각하는 자식들에게 불만이 아주 많았다. 엄마가 몸살기운으로 자리에 누우면 간호사를 집으로 청해 영양주사를 놔드리는 걸로 효도를 대신하던 남동생이 이번에는 병원 가신 김에

건강검진을 하자고 했다. 폐암인 것도 까맣게 모르고 있다가 갑자기 돌아가신 외삼촌 때문에 놀란 가슴을 진정시켜드리자는 것이었다.

동생이 하루, 내가 하루 엄마 곁에서 잤다. 어제는 동생이 병원에서 자는 날이었다. 병실 보조 의자에서는 도통 잠이 오지 않아 꼬박 밤을 샜다는 동생이 엄마가 깊이 잠든 걸 보고 집에 들어갔는데, 아침에 와보니 안 계셨다고, 저 때문이라고 안절부절못했다.

나는 엄마의 오른쪽 침대를 쓰는 환자의 보호자와 통화를 했다.

"아침에 스웨터를 들고 나가시길래 잠깐 바람 쐬러 가시나 보다 그랬지, 스웨터 안에 바지까지 들고 나가는 줄은 몰랐지요."

전화를 끊고 나는 문방구로 출근을 하는 대신 터미널에 가서 진성사가 있다는 청천 행 버스를 탔다. 문방구 문은 종일 닫혀있을 것이고, 아이들은 문방구 앞 게임기 앞에만 한두 명 잠깐 머무르다 문방구 철문을 올려다볼 것이고, 우리집 아이들은 집을 비운 엄마가 냉장고도 비워놓고 나간 걸 보고 냉장고 문을 도로 닫으며 무슨 일인지 궁금해 할 것이다.

내가 입원실 보조의자에서 새우잠을 자다가 눈을 뜨니 침대에 걸터앉아 나를 내려다보고 있던 엄마는 기다렸다는 듯이 물었다.

"보름날 수희네 형님이랑 진성사 가기로 한 것도 못 가고. 얘, 오늘이 며칠이냐? 니가 보기엔 여기 의사가 뭘 좀 집어낼 것 같니? 스님한테 가서 물어보는 게 낫지 않을까?"

"아직도 물어볼 게 남았어요?"

잠이 오지 않아 새벽녘에야 겨우 눈을 붙였던 터라 대꾸가 퉁명스럽지 않을 수가 없었다. 스님들에게 시시콜콜 운세를 묻고 또 물어보는 게 어머니의 신앙생활이었다.

"그런 게 아니고 아무래도 이 병이…."

어머니의 얼굴에 설핏 수심이 깊었다.

"엄마는 병 없어요. 피검사하고 사진도 다 찍고 그랬으니까 좀 기다려요."

"죽어 누웠어도 너는 내가 편히 자는 줄 알 거다."

엄마가 도로 침대로 훌쩍 돌아누웠다. 호강하고 사는 것들이 내 속을 어떻게 아느냐는 말을 생략해준 것만도 인심을 크게 쓴 것이다. 엄마에겐 찬물에 맨손 넣어 빨래하지 않고 세탁기 돌리는 것들은 다 호강하는 것들이다. 도대체 무슨 병을 만들어 드리면 속이 시원하겠어요? 나도 그 말을 참았다. 모녀가 한마디씩 꿀꺽 삼키고 있어도 병실 사람들의 귀는 벌써 이쪽을 향해 쫑긋 서 있을 게 뻔했다. 자기 아픈 얘기, 남 아픈 얘기 듣는 거로 지루한 하루를 보내는 입원실 사람들에게 환자와 환자 가족 간의 갈등은 TV드라마에 버금가는 구경거리다. 환자들은 엄마 편을 들 마음의 준비를 하고 있고 보호자들은 딸을 이해하려는 쪽으로 이미 갈라져 있을 것이다. 어쩌면 병실 사람들 모두 엄마 편을 들고 나올지도 모른다. 엄마는 이야기를 푸는 재주가 있다. 동네아주머니들은 물론이고, 시주 나온 스님들도 엄마 넋두리에 발목을 잡히면 마루 끝에 앉아서 온 가족의 사주를 다 풀어놓기 전에는 일어설 수가 없었다.

엄마가 입원했다는 소리에 내가 허겁지겁 입원실로 뛰어갔을 때도 엄마는 어느새 당신의 아픈 얘기로 병실 사람들을 휘어잡고 있었다.

'자다가 갑자기 천장이 빙빙 도는데…'

자다가 갑자기는 아니었을 것이다. 외삼촌의 관이 땅속으로 내려지고 외사촌 언니들의 울음소리가 비명처럼 산자락을 찢었을 때도 나는 휘청 넋을 놓는 엄마를 부축했었다. 해쓱해져서 산에서 내려온 엄마는 산에서 먹은 음식이 소화가 되지 않아 속이 부대낀다며 쉽게 잠이 들지 못했다. 눈을 감아도 보이는 건 내내 낮에 본 하관 장면이었을 테고, 이 약 저 약 내키는 대로 찾아먹어도 어지럼증만 점점 더 심해졌을 것이다. 한숨

소리, 신음소리로 뒤채다가 동생이 방을 열어보자 마음을 놓고 기절을 한 것이다.

그날도 당신 아픈 이야기 끝에 엄마는 진성사 자랑을 했었다.

"그래요? 거기가 어디래요? 어떻게 가는 건지 자세히 얘기 좀 해봐요."

옆 침대의 아주머니는 손등에 꽂힌 링거 줄을 당겨 엄마 턱 밑으로 바싹 다가앉았다. 그 스님이 사람 마음을 얼마나 편하게 해주는지 아무리 중병환자도 거기만 며칠 갔다 오면 머릿속이 맑아진다는 말을 그대로 믿는 눈치였다.

엄마는 지금 법당에서 손을 모으고 절을 하고 있거나, 스님과 마주앉아 미주알고주알 아픈 이야기를 나누고 있을 것이다. 안색이 전과는 좀 다른 것 같다는 생각이 머리를 스쳤지만 나는 고개를 저었다. 특별한 이상이 없다는 소리를 엄마가 믿지 않는 게 엄마의 병이다. 엄마가 사 모으는 약 보따리를 보면 입이 쩍 벌어진다. 조금씩 드리는 용돈으로 어떻게 그 약을 다 살 수나 있는지 궁금할 지경이다. 종류도 가지가지라 증상에 따라 제대로 찾아 먹을 수나 있는 건지, 이 약 저 약 같이 먹으면 부작용은 없는 건지 조마조마했다.

요즘 엄마의 보따리에서는 약봉지만 우르르 쏟아졌다. 젊은 엄마였을 때 엄마의 보따리에서는 가족사진이 먼저 굴러 나왔었다. 이 사진 때문에 내가 멀리 못 갔다, 하시던.

흰색 실선이 선명하게 박힌 이 차선 도로가 나왔다.
'큰길로 나가서 첫 번째 산모퉁이.'

되새김질하는 소처럼 가게주인의 말을 되짚으며 주변을 돌아보았으나 진성사 표지판은 보이지 않았다. 산동네 앞길로 접어들었다. 경운기나 다닐 만큼 좁은 길옆으로 봇도랑이 흘렀다. 도랑은 바닥으로 잦아들 듯 맑게 흐르다가 고랑을 타면 제법 물소리를 냈다. 물소리와 새소리에 귀를 내놓고 걷다가 나는 문득 걸음을 멈추고 길을 돌아보았다. 제대로 길을 들어선 건지 물어보고 싶어도 오가는 사람이 한 명도 없다. 외길이니 따라 걷기는 하면서도 진성사가 동네 끝에 있는 것인지 산속에 있는 것인지 가늠이 서지 않았다. 대문이 열린 집 마당에도 인기척은 없었다.

선뜻 산으로 오르지 못하고 서성이는데 경운기 소리가 났다. 반가워서 얼른 돌아섰다.

"진성사가 어디예요?"

경운기보다 크게 소리를 내려고 애를 썼다. 남자는 손으로 언덕배기를 가리키고는 그만이었다. 가게주인이 차로 갈 거냐고 물었던 걸 보면 찻길이 있을 텐데 그 남자가 알려준 길은 차가 다닌다는 게 믿어지지 않을 만큼 좁고 가파른 언덕배기였다. 그런데 그때 거짓말처럼 그 길에서 은회색승용차가 불쑥 내려왔다. 나는 얼른 그 자동차가 내려온 길로 올라섰다.

내가 걸어온 오르막 아래로 마을길이 보였다. 경운기를 타고 있던 남자가 젖소 우리 앞에 내려서 허리를 굽히고 일을 하고 있어서 사방은 도로 정적이었다. 오랜만에 걷는 산길이었다. 순한 갈색을 두른 산에 붉나무와 단풍나무가 불씨처럼 박혀 있고 산수유열매가 잘 고른 팥알처럼 또랑또랑 익고 있었다.

그 숲에서 갈림길을 만났다. 큰길로 나가서 첫 번째 산모퉁이 길을 따라 걸으면서 얼마큼 가야 진성사가 나오는지만 궁금해 했지 외길이 아닐 거라고는 추측하지 못했다.

진성사가 도대체 어느 모퉁이 끝에 있는지 알 도리가 없다. 아래로 약간 기운 듯 이어지는 길과 왼편으로 돌아드는 길이 둘 다 폭이 비슷했다. 삶의 굽이굽이에 복병처럼 숨어있는 갈림길들은 언제나 그 모양새가 비슷하다. 가보지 않고는 굽은 길모퉁이 저편이 보일 리가 없었다. 좀 쉬운 적도, 어려운 적도 있었지만 갈림길에서 망설임이 생략된 적은 한 번도 없었다.

택시를 타고 올 걸. 나는 아까 본 은회색자동차가 지나간 바퀴자국을 찾아 허리를 굽혔다. 비가 온 뒤도 아니고 눈길도 아니니 바싹 마른 땅에 흔적이 남아 있을 리 없는데도 나는 이마를 숙여 땅을 살폈다. 마른 흙냄새만 콧속을 파고들었다. 새가 나뭇가지를 치며 날아오르는 소리가 들렸다. 멧비둘기의 날갯짓에 엄마의 잿빛 두루마기 자락이 겹쳐졌다. 엄마는 반지르르 윤이 나는 잿빛 공단 두루마기를 아껴 입었다. 새가 날아간 방향을 따라 왼쪽 길을 택해 걸음을 떼 놓았다. 동전을 던져보듯이 가끔은 아무것도 아닌 꼬투리 하나로 삶의 방향을 잡기도 한다. 엄마도 이 길을 지났을 것이다. 가다보면 만나겠지. 단풍 구경 나온 사람처럼 나는 애써 나무에 시선을 던지며 걸었다.

무언가 움직이는 걸 보았다는 느낌이 생각에 닿기도 전에 소름이 먼저 머리끝을 잡아당겼다. 눈앞에 불쑥 개 한 마리가 서 있었다. 누런 털이라서 풀섶에 가만 누워있으면 모를 수도 있었겠는데 땅바닥을 킁킁거리며 마주오고 있었다. 발바닥이 땅에 딱 붙으면서 눈앞의 모든 게 정지해버렸다. 햇빛알갱이까지 세라면 셀 수 있었을 것이다.

나는 저 때문에 오금을 못 펴고 있는데 커다란 개는 태평스레 고개를 들어 아래쪽 비탈길을 내려다보았다.

그래 넌 그리로 내려가라, 주문을 걸었다. 하지만 개는 이쪽 땅바닥으로 코를 박으며 다시 내 쪽으로 걸어오기 시작했다. 입가로 빳빳하게 소름이 지나갔다.

엄마!

나는 엄마를 불렀다. 어린애 같은 내 목소리가 내게 들리자 햇빛이 눈이라도 찌른 것처럼 눈물이 돌았다. 엄마를 부르며 뒤쫓아 다니던 내가 언제부터 엄마의 엄마처럼 굴기 시작했던 걸까?

다행스럽게도 누렁이는 내 구두 앞쪽에 멈칫 섰다가 꼬리가 닿을 듯 말 듯 지나갔다. 나는 그것이 얼마만큼 갔는지 뒤돌아보지 않았다. 내 숨소리를 들으며 걸음을 떼어놓는데 무릎이 나무다리처럼 삐걱거렸다.

엄마도 개를 무서워했다.

"엄마도 무서워?"

엄마 등 뒤에서 조그맣게 물으면 엄마가 그랬다.

"너 때문에 더 무서워. 그냥 눈 질끈 감고, 죽어도 좋다 하고 냅다 뛸 수도 있는데, 너를 낳고 나니까 내 몸이 아파도 안 되고, 다쳐도 안 되고, 달아날 수도 없고 이거 원."

나도 이제 '어머니는 강하다'는 말인즉 죽을 힘으로 애쓰고 있다는 걸 아는 나이를 지났다. 엄마는 애를 쓰다가 포르르 성질을 펴곤 했다. 텃밭의 참새처럼 멀리 날아가지도 못하고 건너건너 마당으로 마실을 가듯 보따리를 잘 쌌다.

그때도 며느리가 말대꾸를 했다며 노염을 타고는 외가 조카

이미숙소설 **당신의 이름은**

네 집으로 가 있는 엄마를 찾아 돌아오던 길이었다. 버스를 기다리느라 정거장에 앉아서 햇볕을 쬐며 물었다.

"엄마. 맨 처음에 집을 나섰던 이유는 뭐야?"

엄마가 호호 웃었다.

"황소처럼 순한 눈빛을 가진 사람을 내가 가난하다고 싫다고 그랬다. 쌀이 떨어진 빈 독에서 그 사람 얼굴이 보이더라. 그 사람은 금방 큰 공장의 사장이 되었다는데, 창피하기도 하고 공부 한 거 돈으로 풀어먹지 못하는 늬 아빠한테 부아가 나기도 하고 그래서."

엄마가 호호 웃는 바람에 같이 따라 웃으면서 어릴 때 엄마를 찾아다니던 긴장이 햇볕에 다 풀어지는 걸 느꼈다. 엄마의 보따리는 곧 돌아올 여행보따리였던 셈이다. 내가 공부도 끝나지 않은 사람과 결혼을 하겠다고 했을 때, 게다가 햇빛도 들지 않는 가게를 얻어 문방구부터 계약하자 엄마는 음식을 끊고 돌아누웠다.

"답답해서 어떻게 살려고."

모녀가 생리일이 겹치는 것처럼, 내가 산소가 부족한 금붕어처럼 늘어질 때면 엄마는 용케도 나를 문방구 밖으로 불러냈다. 다시 안 볼 것처럼 서로를 상처 내는 싸움길이 되기도 했지만, 엄마를 찾으러 가는 길은 내 숨길을 터주는 여행길이 되기도 했다.

개를 좋아하는 사람들은 산속에서 개를 마주쳐도 무섭지 않을까? 누렁이 소동에 마음이 엉키기 시작했다. 온 천지에 혼자 숨을 쉬고 있는 것 같던 산속의 정적도 소란해지고, 울긋불긋 단풍도 눈에 심란했다.

잘못 들어선 걸까? 돌아나가야 하나? 몇 시나 됐을까? 시계도 안 차고 나왔네.

비탈길 아래서 밭일하는 남자가 보이지 않았으면 아마 방향도 모르면서 이리저리 뛰었을 것이다.

"아저씨, 진성사가 어디예요?"

말을 안 하고 사는 동네인지, 내 목소리는 산을 울리는데 그 사람도 팔만 들어올렸다.

"얼마나 더 가면 돼요?"

무어라 웅얼거리던 농부는 벌써 자기 일로 돌아가 버렸다. 팔을 내젓지 않고 치켜든 걸 보니 길을 잘못 든 건 아닌 모양이었다.

모퉁이를 돌아 서너 걸음도 떼지 않았는데 절집이 보였다. 그러니까 밭일을 하고 있던 남자 쪽에서는 절 마당이 코앞이었던 것이다. 어쩌면 절집 사람인지도 모른다.

산자락에 편안히 안겨있는 절을 보니 기가 막혔다. 별일 아니다 싶으면서도 번번이 숨을 몰아쉬며 찾으러 가면 엄마 얼굴이 꼭 그랬다.

"뭐 하러 찾으러 와?"

오늘도 엄마는 심드렁하게 핀잔부터 줄 것이다.

절에도 인기척은 없었다. 마루 아래 신발이 보이긴 하지만 엄마의 신발은 없었다. 너무 조용해서 방문을 열어볼 엄두가 나지 않았다. 뒤쪽으로 돌아가니 부엌에 아주머니 한 분이 있었다.

"스님 뵈러 왔는데요."

말을 해놓고는 피식 웃었다. 엄마 찾으러 왔는데요. 그렇게 말했어야 하는 것이다.

"방에 안 계시나? 이리 와 봐요."

인기척이 없는 것 같던 방에는 중년부부가 스님과 이야기를 나누고 있었다. 문 앞에서 내가 머뭇거리자 남자가 그의 아내를 재촉하며 일어섰다.

마당까지 나가 그들을 배웅하고 들어오며 스님은 빙그레 웃기부터 했다. 무슨 말을 꺼내야 할지 난감했다.

"어머니는 방금 다녀가셨어요."

"네?"

스님의 미소가 더 커졌다.

"어머니하고 꼭 닮았어요."

엉덩방아를 찧은 기분이었다.

'어릴 땐 모르겠더니 나이 드니까 영락없이 늬 엄마 젊을 때 그대로다.'

오랜만에 만난 병호엄마도 그렇게 말했었다.

"오라버니 임종하시는 걸 보고 어머니가 많이 놀라신 모양이에요. 죽고 싶다고 늘 입에 달고 살아도 내 앞에 다가온 죽음은 무섭지 않겠어요?"

"예?"

"이제 얼마 남지 않은 길, 따님이 친구 좀 더 해드려요. 노인들은 생각이 오만 가진데 누가 들어줄 사람이 있어야지. 병에 떠밀려 가나 병 없이 가나 누구나 다 가는 길이지만 혼자 가는 길이 얼마나 두렵겠어요. 동네에 흔한 강아지새끼도 외나무다리에서 딱 마주치면 등골이 서늘해지는 법이요."

"스님, 준비 다 됐어요."

부엌에서 본 그 아주머니가 스님을 불렀다.

재를 지내야 한다는 스님을 따라 나와 인사를 하고, 마루 끝에 서니 저승사자를 만나고 나온 것도 아닌데 기운이 쑥 빠졌다. 길을 물었던 산모퉁이만 멍하니 바라보았다.

"여기 잠깐 앉았다가 올라오는 차를 얻어 타고 내려가요."

아주머니가 산 내려갈 걱정을 대신 해주었다.

"사람들이 연신 들락날락하니까."

아주머니의 말이 떨어지기도 전에 정말 택시 한 대가 절 마당으로 올라왔다. 택시에서 내린 남자와 인사를 나눈 아주머니가 내게 손짓을 하는 바람에 나는 얼결에 택시 안으로 들어가 앉았다.

택시를 타고 내려가는 산길은 숨 돌릴 틈도 없이 짧았다.

큰길에서 서둘러 차를 세웠다. 건너편 정류장에 엄마가 앉아있는 게 보였다. 밖에서, 더구나 휑하니 넓은 논길 옆에 덩그마니 혼자 앉아있는 늙은 엄마를 마주하는 것은 가슴 저미는 일이었다. 그런데도 말은 여전히 퉁명스레 삐져나왔다.

"아프다는 것도 거짓말이네. 차를 타고 오지 혼자 걸어와요?"

"저쪽에서 내려줬어."

"엄마, 안 추워?"

엄마의 입술이 파랬다.

"안 추워. 젊은 애가 춥다 소리는. 너는 맨날 좁아터진 가게에서 햇빛을 못 보고 사니까 그래."

"엄마만 늙고 나는 안 늙어? 엄마 눈엔 내가 맨날 저 시퍼런 배추 같지?"

서로 또 한바탕 잔소리가 터질 판이었다. 엄마 배에서 꼬르륵 소리가 나는 바람에 나는 입을 다물었다. 혼자 산길을 올랐던 피로가 팔다리로 내달렸다.

길 건너 쪽으로 식당이 보였다.

"밥부터 먹읍시다."

시장으로 이어지는 골목입구에 멀리서도 식당 간판이 여러 개 보였다.

"엄마, 이거 먹을까? 저쪽으로 가볼까?"

음식냄새가 쏟아지는 가게 앞을 마냥 기웃거리다 김이 오르는 만두를 사 들고 국밥집으로 들어갔다.

"엄마, 먹고 싶은 거 또 없어?"

하지만 두 모녀를 사로잡았던 맹렬한 허기는 순간뿐이었다. 만두 서너 개를 먹고 나니 덧정이 없어 칼국수 그릇에 젓가락만 휘적거리다 말았고 뜨거운 김이 오르는 뚝배기에 눈을 빛내던 엄마도 국밥건더기를 반이나 남겼다. 서로 더 먹어라 권하다 말고는 그냥 일어섰다.

열 그릇이라도 먹어치울 것 같던 식욕을 허망한 꿈처럼 떨어내고 식당을 나오니 햇빛까지 어디로 들어가고 없어 으슬으

이미숙소설 **당신의 이름은**

슬 한기가 느껴졌다.

"저 집 순대 진짜 순댄가? 너 뭐 살 거 없니?"

시골 장을 가리키던 엄마의 안색이 핼쑥하다 싶은데 엄마는
벌써 공터로 달려가 쪼그리고 앉았다.

"엄마!'

병원에서 주사만 맞으며 조심하던 빈속에 허겁지겁 밥을 먹
었으니 아차 싶어서 발을 굴렀다. 엄마의 등을 두드리는데 눈
물방울까지 떨어졌다.

"엄마, 병원에서 나와서 뭐 먹었어?"

"아까 목이 마르길래 우유 하나 사 먹은 거밖에 없다."

"우유는 소화 안 된다고 했잖아요."

더는 토할 것도 없는데도 자꾸 헛구역질을 하며 앞으로 고
꾸라지는 엄마의 허리를 잡고 있는데 주머니에서 전화벨이 울
렸다.

"누나. 엄마 모시고 얼른 병원으로 와."

"왜?'

"의사 선생님이 빨리 모시고 오래."

"글쎄, 왜?'

"와서 얘기하자니까."

"엄마 진짜 아픈 거야?'

바보 같은 소리였다. 손으로 입을 막았다. 동생이 퇴원수속이 아니라 어쩌면 수술 날짜를 잡고 있을지도 모른다는 생각이 등줄기를 써늘하게 훑었다.

"갈 때 됐지 뭐, 이제."

"또 어딜 가요?"

"저기."

엄마의 손가락 끝에 먼 산자락이 걸렸다. 가까운 산등성이의 무덤 몇 구를 외면하면서 나는 짜증을 냈다.

"산길은 힘들어. 산짐승 만나는 것도 싫고."

"뭘 더 찾으러 와. 너 이제 나 찾으러 못 온다."

"툭하면 찾으러 오라고 나팔을 불면서 뭘."

"찾으러 오고 싶어도 젊은것들은 못 오는 데야."

"엄마 눈엔 내가 아직도 젊어? 내가 저 시퍼런 배추통 같냐고? 나도…."

대꾸도 못하고 손사래를 치던 엄마가 또다시 울컥 앞으로 고꾸라졌다.

"엄마!"

엄마의 허리를 잡고 당기다가 둘 다 엉덩방아를 찧었다. 엄마의 입에서는 연신 헛구역질이 터졌고 내 눈에서도 갑자기 눈물덩어리가 쏟아졌다.

　　　　　　　　　　이미숙소설 **당신의 이름은**

"놀랠 거 없어. 할 일 다 했으니 이제 껍데기 거두어 간다는데 어쩔거여. 내 배꼽 물고 태어나서 그동안 나 쫓아다니느라고 애썼다."

엄마가 돌아보고는 말했다.

"엄마!"

"이제. 이 손 놔라. 니 갈 길 하고 내 갈 길이 다른 거야. 가게 방에만 틀어박혀 있지 말고 좀. 아이구 나 아니면 누가 저걸 밖으로 집어낼지."

다시 엄마의 허리를 움켜잡으려는 내 손과 그걸 떼어놓으려는 엄마의 마른 손이 엉클어지고 있었다. 길 저편이 아득했다.

모여라

100미터를 왔다갔다 종종걸음을 치던 상현은 라인 카를 잡아채며 허리를 폈다. 돌아보니, 곧게 따라온 하얀 줄이 담 밑 은행잎과 함께 선명하게 눈에 들어왔다. 방금 전에도 아이들이 청소하고 들어가는 걸 보았는데 깔끔히 빗질 된 담 밑에는 또 어느새 은행잎이 소복했다. 운동장 가장자리도 마찬가지다. 바람이 불지 않아 아직 운동장 가운데로 뒹굴어 나오지는 않았지만 떨어져 쌓인 플라타너스 이파리들이 만만해 뵈지 않았다. 아침에 청소하는 걸 볼 때마다 가을에는 좀 쌓이도록 두고 보아도 좋을 텐데, 생각했던 상현도 오늘은 낙엽이 운동장으로 흩어져 나올까봐 신경이 쓰였다.

100미터 달리기 선은 잘 그어졌고, 200미터 트랙도 운동장 가운데에 얌전히 누워있다. 지도교사인 최 선생이 그에게 지

시한 아침임무를 다 끝낸 것이다. 출근길에 김씨 아저씨를 도
와 양쪽에서 팽팽히 잡아당겨 걸었던 '덕촌중학교 추계체육대
회 및 관내 초등학교 육상대회' 현수막도 교문 위에 반듯했다.
조회대 양쪽으로는 '덕촌중학교'와 '덕촌초등학교' 천막이 서
있었다. 가까운 초등학교에서 빌려다 세운 천막 탓에 얼핏 보
면 중학교와 초등학교 대항 시합 날 같다는 생각도 들게 했다.
수돗가에도 천막 하나가 놓였는데 검은 솥이 밖으로 나와 있는
걸 보니 거기서는 음식을 해낼 모양이었다.

날씨가 좋아서 다행이었다. 요 며칠 날이 궂어 걱정을 꽤 했
었다. 기온이 좀 내려가긴 했어도 햇살이 좋으니 날씨 걱정은
하지 않아도 될 것이다. 상현은 두 팔을 쭉 뻗어 올리고 좌우로
허리를 틀었다.

교생 실습기간이 이제 사흘 남았다. 사범대 체육과 졸업반
인 상현은 봄학기에 실시된 교생실습에 참석하지 못했다. 축
구시합 스케줄이 바뀌어 교생 실습기간과 겹친 것이다. 리그
전이어서 시합기간이 꽤 길었다. 4주뿐인 교생실습을 들쑥날
쑥 때울 수는 없는 노릇이라서 축구선수인 상현과 동구는 고민
이 많았다. 대학 마지막 시합에도 참여하고 싶었고, 교생실습
도 그냥 넘어갈 수가 없는 것이었다. 다행히 교생실습은 연기
가 가능했다.

덕촌중학교는 상현의 집에서 버스로 30분 거리인 시외에 있다. 가까운 시내 학교는 발 빠른 친구들에게 다 놓치고, 어디로 가야 하나 고민하고 있는데 과학과 친구가 소개를 해준 곳이다. 집에서 다니는 게 가능하다는 말에 무조건 오케이 했다. 자기모교라는 그 친구만 믿고 있다가 가을에 덜렁 혼자 나오게 되었으니 여간 당혹스러운 게 아니었다. 그러나 아침저녁으로 가을들판을 보며 달리는 일이 금방 즐거워졌다. 도심에서만 오가던 그에게 이곳 풍경은 오래 기억될 것이다.

산모퉁이 하나를 돌아 나오는 것으로 소음이 붕붕거리는 도시를 벗어날 수 있었다. 붐비는 도로를 벗어난 시내버스가 덕촌입구의 산모퉁이를 돌아들면 들썩이던 차안이 차츰 잠잠해진다. 그러면서 시야 가득 가을들판만 넉넉하다. 오가는 교통량이 적은 건 아닌데도 막히는 적도 없다. 그 모퉁이에서 학교까지는 십 분도 채 걸리지 않는데 학교 길까지 따라나선 졸음기를 쫓아내는 것은 물론이고 창밖만 보고 있어도 삼림욕을 하고 난 것 같은 상쾌한 기분이 된다.

게다가 실습학교의 시큰둥한 반응에 풀이 죽어 있는 동구와는 달리 상현은 체육교사의 흔쾌한 환영까지 받은 몸이다. 교육실습생들이 면학 분위기만 흩뜨려놓고 가는 천덕꾸러기 취급을 받은 건 벌써 오래전부터인데 시내 학교는 그 정도가 더 심하다는 것이다. 동구가 실습을 나간 학교는 대학입시에 막바지 열을 올리고 있는 여학교다. 체육시간이 자습시간으로 바뀐 터에 체육교생의 할 일이란 뻔한 것이다. 교생이 여럿이면 같이 어울리기도 하겠지만 일없이 교무실에 혼자 있으려니 동구는 바빠 죽겠다는 상현이 부러워 아우성이었다.

"아이고, 이런 귀인이 있나."

상현이 미리 학교에 인사를 갔을 때 최 선생이 좋아라 악수를 했다. 체육대회 준비로 마음이 바쁘던 터에 만만한 조수가 생긴 것이다.

"체조 때문에 고민이었는데 잘됐네."

맨손체조와는 달리 에어로빅 동작이 가미된 신체조는 하는 사람도 재밌고 구경거리도 된다. 그런데 구령을 붙여가며 딱딱 부러지는 체조만 해온 나이 지긋한 최 선생이 빠른 음악에 맞춘 에어로빅 동작이 자연스러울 리가 없었다. 작년에 무용과 교생이 나와서 아이들에게 가르쳐 준 리듬체조가 있는데, 체육대회 때 써먹으려면 새로 입학한 일 학년들을 새로이 가르쳐야 하는 게 문제였다.

축구공만 가지고 뒹굴던 상현도 체조에 재능이 있을 리가 없었다. 그러나 무언가 중요한 임무를 떠맡은 것 같은 기분이 싫지는 않았다. 돌아오는 길로 당장 부전공으로 무용을 한, 과 여학생을 불러냈다. 그녀의 도움으로 감각을 익히고 동작을 배워 아이들에게 체조를 가르치기 시작했다. 아이들 입에서 교생선생님보다 체조선생님 소리가 더 자연스럽도록 실습기 간을 체조에만 매달려 보낸 셈이다. 어제 오후에 시간표를 맞추어 전체학년이 함께 나와 마무리 동작을 연습했고, 오늘이 그 발표 날이다. 따로 체조발표를 하는 건 아니지만 교내 추계 체육대회 겸 주변 초등학교의 육상대회를 생기발랄한 리듬체 조로 시작한다는 것이니 상현에게는 연구수업 발표만큼이나 긴장될 수밖에 없었다.

상현은 라인 카와 백회 통을 들고 조회대로 향했다. 조회대 아래가 체육기구를 넣어두는 창고였다. 학생들은 아직 교실에 있었고 교사들은 다시 회의라도 여는지 과학과 강 선생만 나와 서 방송시설을 점검하고 있었다.

"김 교생도 저기 가서 이름표나 하나 달고 오지?"

다음엔 무얼 해야 하나 서성이는 상현에게 강 선생이 불쑥 말을 걸었다.

"예?"

"돈만 내면 하루 종일 저 천막 끝에 이름을 붙여준다잖아."

강 선생이 손짓하는 천막에는 육성회 모자를 쓴 남자 둘이 고개를 맞대고 얘기를 하고 있었다. 교생이 여럿일 때는 방송

이미숙소설 **당신의 이름은**

실에 따로 교생실을 만들어 주었다는데 혼자인 상현은 최 선생 자리 곁에 의자 하나를 더 놓고 지내느라 교무실에서 오가는 소리를 다 들을 수 있어서 강 선생이 무슨 말을 하는지는 대충 알 수 있었다. 그러나 선뜻 대꾸할 말을 찾지 못해 우물거리는 상현을 보고 강 선생이 혼자 키득거렸다.

육성회에서 주관하는 덕촌중학교의 체육대회는 마을잔치를 겸하는 전통이 있다. 추석전후로 열리는 초등학교 운동회는 가을걷이가 막 시작되는 때에, 중학교 체육대회는 추수가 마무리되는 시기에 열린다. 그러니까 각 마을에서 초등학교 운동회를 하고, 그 다음은 중학교로 다 모이는 것이다. 추수가 거의 마무리된 무렵이라 일손도 한가하고 마음도 넉넉할 때다. 육성회 임원들이 모여 총회도 열고, 학부형들도 대부분 참석해서 달리기도 하고 공차기도 즐긴다. 육성회 임원들과 학부형들이 제각각 후원금을 내는데 이날 행사에 들어간 경비를 제한 나머지는 학교의 기부금이 되었다. 해마다 이 기부금으로 시골학교의 시설이 조금씩 늘어가는 것이다. 아담한 시골학교치고는 제법 시설을 갖춘 학교가 된 것은 그동안 행사규모가 꽤 크고 풍성했다는 뜻이다.

그러나 사람들이 점점 마을을 떠나서 올해도 학급이 하나 줄었다고 한다. 최소한의 인원배정으로 가까스로 학급 수를 유지하는 형편이라서 머지않아 분교가 될 거라는 소문도 돌았다. 농사짓던 땅은 슬금슬금 도시사람들의 소유가 되어 노는 땅이 늘었고, 시내버스가 자주 다녀서 학교주변에도 문방구 하나 제대로 운영되지 않았다. 사람들을 먼저 끌어낸 도시가 이제 곧 머지않아 산모퉁이를 허물고 이곳까지 넘어올 태세였다.

예전의 반도 안 되는 아이들을 데리고 예전처럼 행사를 하려는 게 무리였다. 상현은 빈정거림을 감춘 채 오가는 소리를 몇 번이나 들었다.

"최 선생님, 학급경기가 뭐 하는 겁니까?"

"그 반 애들한테 물어봐요. 애들이 더 잘 아니까."

"여기는 애들한테 물어서 체육대회 합니까?"

여기저기서 쿡쿡 웃음이 터졌다. 학급 경기종목을 정하라는 계획안이 담임들의 책상에 놓이자 올해 전근 온 교사들이 똑같은 질문을 했기 때문이었다. 다른 중학교에서는 달리기나 학급대항 축구, 배구, 피구를 했던 교사들이 계획안을 내라는 소리에 고개를 갸우뚱거리다 줄줄이 최 선생을 찾는 것이다.

마을잔치를 겸하려니 아무래도 보이기 위한 행사가 되기 마련이었다. 학생위주의 학급경기보다는 초등학교처럼 청군백군으로 나뉘거나 또 어느 때는 동네별로 나뉘어 경기를 했다. 그나마 학생 수가 적어져 썰렁해 보이니 몇 해 전부터는 학급

이미숙소설 **당신의 이름은**

경기라는 걸 고안해냈다. TV오락프로를 흉내 내어 아이들은 경기를 곧잘 만들어냈는데, 호루라기를 불며 아이들을 데리고 운동장 가운데로 나가서 발을 묶고 뛰거나 풍선 터트리기 게임을 시켜야 하는 담임들은 입이 나왔다. 안 하던 짓을 하려니 쑥스러운 건 둘째치고, 무엇 때문에 그런 웃기는 행사를 꾸미는가 싶어 궁시렁거렸다.

그러나 체육교사의 입장은 달랐다. 우수한 선수를 조기에 발견해서 키운다는 목적으로 관내 초등학교 육상대회가 열리고, 이날 우승한 초등학생이 덕촌중학교에 입학하면 삼 년 동안 장학금과 육성회의 후원을 받는다. 건설업을 하는 육성회장이 장학금을 걸었고, 목돈은 대충 그의 주머니에서 나오니 사람들 많이 모이는 걸 좋아하는 그의 취향을 따르지 않을 수가 없는 것이다. 그 때문에 중학교의 체육대회는 날짜를 잡기도 힘들었다. 시합에 참가하는 초등학교의 학교장 일정까지 참고해야 하고, 도의원으로 뽑힌 육성회장의 스케줄까지 맞추느라 올해는 날짜가 더 늦어졌다. 사업으로, 의원 일로 더 바빠진 이장수 씨가 육성회장 자리를 내놓았다지만 후임이 나서지 않았다.

이 학교에 가장 오래 근무한 교사가 교무주임과 최 선생이다. 두 사람은 무슨 기능전수자라도 되는 것처럼 사명감을 내

세웠다.

"복잡하게 하지 말고 애들 데리고 그냥 하루 뛰놀지요."

학급경기 기안서류를 들고 교사들이 건의를 하면 교무주임
은 펄쩍 뛰었다.

"이 학교 전통이예요. 우리는 잠깐 머물다 갈 사람들이고."

새로 부임해 오는 교장, 교감도 교무주임의 설명을 듣고 나
면 금방 고개를 끄덕거렸다. 해마다 학급수가 줄어 걱정인 학
교관리자로서 행사 끝에 얻어지는 기부금을 마다할 일이 아닌
것이다. 다른 중학교와 경기내용이 다르다고 해서 안 될 것도
없었다. 오히려 특색이 있다고 자랑을 할 형편이었다. 그런 차
라 체육대회에 학부모를 많이 모이게 하기 위해 아이디어를 짜
내기 바빴다.

강 선생이 상현에게 말한 그 이름 종이란 것은 기부금을 내
는 사람의 이름을 써서 종일 천막 끝에 붙여놓는 것이었다.

"선생님들도 돈을 내나요?"

말을 잇는다는 게 불쑥 어리석은 소리를 한 것 같아서 상현
은 금방 후회가 됐다.

"아니야, 그냥 농담으로 해본 말이야."

강 선생은 웃으면서 마이크에 대고 푸푸 바람 소리를 냈다.
그리고는 마이크시험 중이라는 소리를 되풀이했다.

이미숙소설 **당신의 이름은**

진 선생이 양손 가득히 주전자와 바구니를 들고 나왔다. 상현이 얼른 뛰어가 물건을 받아 들었다. 뒤따라 나온 아이들도 조회대 위에 바구니와 비누곽 들을 내려놓았다. 진 선생이 어제 오후에 포장해서 순위 꼬리표를 붙인 상품들이다. 학생들 상품은 간단하게 노트 한 묶음, 볼펜 몇 자루씩인데 오지도 않을 학부형경기 상품은 왜 그리 많은지 모르겠다며 진 선생이 툴툴거렸다.

"그래도 쌓아 놓으니 잔칫날 같고 풍성해서 보기 좋은데."

상현의 말에 진 선생이 눈을 흘겼다.

"가재는 게 편이라고 누가 체육과 아니랄까 봐."

국어과 진 선생은 상현의 써클 후배였다. 바로 한 학년 아래라서 허물없이 지냈는데 상현이 군대 다녀오는 사이에 졸업하고 벌써 고참 교사가 되어 있었다. 교생실습을 혼자 나와 어색한 교무실에서 진 선생을 만나 얼마나 반가운지 몰랐다. 진 선생 덕분에 교무실에 있기가 좀 편해졌고, 체조만 맡겨 놓고 그 밖에는 관심도 없는 최 선생 대신 진 선생은 가끔 그의 지도교사역할까지 해주었다.

"올해도 아마 이 만큼은 남을 거야."

진 선생은 작년에 남은 상품 얘기를 했다.

"담임이 어떻게 말을 하는 가에 따라 애들 행동이 바뀌는 거예요."

교장은 체육대회가 얼마나 풍성해지는가는 담임 손에 달렸다는 소리를 조회 때마다 되풀이했다. 학부형을 많이 참석하게 하라는 것이다. 그러나 산 아래 노는 땅이 널려 있어도 마을 사람들은 도시로 일을 나갔다. 엄마들도 아침에 애들과 집을 같이 나와 버스를 타고 공장으로, 식당으로 일을 하러 간다. 시골 중학교 체육대회의 전통을 잇기 위해 하루를 쉬게 할 만큼 도시인심이 후할 리 없으니 부모님도 꼭 모시고 오랬다는 아이들의 재촉에 용돈만 더 집어줄 뿐이다. 그러니까 오늘은 유난스레 아이들이 군것질을 많이 하는 날이다.

"다 큰 애들인데 부모님이 오시겠어?"

"안 보여요? 저거 다 채워야 하는데. 이 추리닝 값은 또 어떡하구요."

진 선생도 강 선생처럼 천막 끝을 가리켰다. 교무주임은 이 고장의 전통을 내세워 입을 막지만 최 선생이 교사들의 불평에도 오히려 큰소리를 치고 나오는 건 체육대회 때마다 추리닝을 해주기 때문이었다. 자기 돈으로 해주는 것처럼 생색을 내는 최 선생이 미워서 해마다 이까짓 나이롱 체육복 받아다 뭐 하느냐고, 벼룩의 간을 내먹지 구태여 돈 드는 행사를 억지로 지

이미숙소설 당신의 이름은

속시킬 필요가 어디에 있느냐고 수군거리기도 하지만 곤색 바탕에 흰 줄이 양옆으로 두 개씩 들어간 체육복을 똑같이 입고 하루를 보내는 수밖에 없었다.

운동장으로 모이라는 방송을 하고 밖으로 나온 교무주임은 어느새 마이크를 잡고는 꾸물거리는 아이들을 재촉했다.

진 선생이 상현에게 따라오라는 손짓을 했다.

"오 선생님한테 인사 안 했죠?"

진 선생이 키 작은 남자선생 곁으로 상현을 데리고 갔다.

"오 선생님, 체육교생이에요. 봄에는 시합 나가느라 지금 나왔대요."

상현이 꾸벅 인사를 하자 오 선생이 반갑게 손을 내밀었다.

"전공이 뭡니까?"

"축굽니다."

"저런, 애들이 굉장히 좋아하겠는걸. 애들은 그저 오뉴월 땡볕에도 축구라면 최고지."

오 선생은 웃으며 뒤에서 부르는 박 선생에게로 돌아섰다.

"누구신데?"

상현이 물었다.

"체육선생님."

"어디?"

"우리 학교."

"체육교사가 그럼 두 분이었어?"

"학급 수는 줄고, 교사 수는 안 줄고. 발령은 학교로 내고, 근무는 교육청에서 한 대요. 학교에도 가끔 오세요."

"체육교사가 교육청에서 뭘 해?"

"일이야 없겠어요? 날마다 바쁘시다는데."

"농촌에 인구가 줄어서 체육교사 설 자리가 없어졌구나. 야, 이거 고민이다. 졸업해도 발령이 안 나겠네."

"체육과만 줄어요?"

상현의 심각한 표정에 진 선생이 깔깔 웃는데 교무주임이 상현을 불렀다.

"김 교생이 가서 최 선생 좀 찾아봐요."

"네?"

시간이 다 됐는데 진행할 생각은 하지 않고 어딜 갔는지 모르겠다는 것이다. 상현도 아까부터 이상하다 했다. 출근하자마자 운동장 라인부터 그리라고 하더니 그 뒤론 모습을 볼 수가 없었다.

교무실에 앉아있을 리는 없을 테니 우선 강당 쪽으로 뛰어갔으나 아무도 없었다. 상현이 테니스코트를 돌아 나오는데 숙직실 뒤편 마루에 최 선생 모습이 보였다.

이미숙소설 **당신의 이름은**

"선생님!"

최 선생 곁에서 육성회총무도 고개를 들었다. 교무실로 최 선생을 찾아온 적이 몇 번 있어서 상현도 인사를 했었다. 최 선생은 일어나는 대신 상현에게 손짓을 했다. 다가가니 호루라기 통을 내밀었다.

"선생님들한테 이거 하나씩 나눠 줘."

"교무주임 선생님이 오시래요."

"알았어. 금방 갈게."

최 선생은 상현에게 눈을 찡긋했다. 총무의 표정이 좋지 않아 보였다.

꼼지락꼼지락 시간이 흐르고 운동장에 곧추세워둔 학생들의 자세가 조금씩 흐트러질 무렵에서야 교장은 손님들을 모시고 밖으로 나왔다. 그들이 서로 권해가며 자리에 앉자 조회대 위의 내빈석은 가득 찼지만 천막 아래 따로 만들어놓은 학부모석에는 할아버지 한 분뿐이었다. 내빈들 곁에서 온화하게 웃고 있는 교장도 학부형 석의 빈자리를 보았을 것이다.

교무주임이 개회를 알렸고, 국민의례가 시작되었다. 교장선생님 말씀과 내빈축사가 이어졌다. 허리를 곧게 펴고 앉아있던 육성회장이 자리에서 일어나 마이크 앞에 섰다. 체격이 큰

편인데도 군살이 없어 단단한 느낌을 주는 사람이었다. 마이크 앞에 선 모습이 조금도 어색해 보이지 않았다. 올해 대학졸업반이라는 막내가 중학교를 졸업한 후에도 계속 육성회장을 맡고 있다고 한다. 자잘한 하청일부터 맡아 하던 그가 지금은 시내에서 제법 튼튼한 건축회사를 가지고 있다는데 야심가로 소문이 자자했다. 학교 앞 도로나, 학교시설물 곳곳에 그의 손이 닿지 않은 곳이 없었고 육상선수에게 주어지는 장학금 외에도 그의 이름을 딴 장학금이 많았다. 재학생부모가 맡게 되어 있는 육성회장을 계속 지키고 있는 것도 아직 그 사람만 한 재력가가 없기 때문이었다.

농촌에서 고생하시는 부모님께 효도해야 한다는 내용으로 축사를 마친 그가 여태 같이 앉아있던 사람들과 새삼 인사를 나누더니 안으로 들어갔다.

"왜 그냥 들어가요? 끝나면 애들과 만세삼창을 한다기에 구경 좀 할랬더니."

미술과 선생이 곁에서 소곤거렸다.

"글쎄, 바쁜 사람 됐다고 표 내는 거지 뭐. 끝까지 앉아서 이 참견 저 참견 다 하는 사람인데."

상현은 숨을 크게 내쉬었다. 곧이어 전교생 체조시간이다. 시합에 나가는 것처럼 긴장이 됐다. 한 달 동안 체조만 하느라

이미숙소설 **당신의 이름은**

힘들었는데 막상 발표 날이 되니 좀 더 연습을 했더라면 하는 아쉬운 생각이 들었다. 학생대표 두 명이 조회대로 뛰어올라 왔다. 상현은 음악테이프를 꽂은 녹음기를 다시 한번 확인했고, 학생들은 양팔을 벌려 줄을 맞추었다.

최 선생의 구호로 시작된 에어로빅 체조는 노래 한 곡과 함께 금방 끝이 났다. 연습한 시간에 비해 참 짧은 순간이어서 상현은 후련함 대신 잠깐 멍했다. 수고했다며 상현을 향해 손을 흔드는 진 선생이 아니었으면 체조가 끝난 게 믿기지 않을 정도였다. 본부석 뒤에 있는 의자에 털썩 주저앉아서 체조를 마치고 뒤로 물러가는 아이들을 바라보았다. 아이들은 아쉽지 않을 것이다. 그러고 보니 전 학급을 돌며 물리도록 똑같은 체조를 하고 다닌 사람은 상현 자신뿐이었다.

호루라기 소리가 들리고 경기가 시작되었다. 일학년 여학생들이 응원가를 부르기 시작했다. 100미터 출발선에서 출발 총소리가 울렸다. 진 선생이 아이들을 데리고 호루라기를 불며 운동장 가운데로 나와 섰다. 두 명씩 발을 묶은 아이들이 달려가서 얼굴로 풍선을 터뜨렸다. 정 선생 반은 뜀틀 넘기를 했고, 박 선생 반 아이들은 기마전을 했다. 상현은 물끄러미 그들을 바라보고 있었다. 체조를 끝내고 나니 맥이 풀렸다. 최 선생도 상현이 이제 무엇을 해야 하는지에 대해서는 아무런 말이 없었다.

"체조선생님, 저쪽에서 오시래요."

"어디?"

100미터 출발선에서 기술선생님이 손을 흔들었다. 심부름한 아이는 벌써 뛰어가고 없었다. 그 아이가 부른 체조선생님 소리가 이상하게 가슴에 박혔다.

기술과 장 선생은 교무실에 다녀올 일이 있다며 상현에게 출발신호를 부탁했다. 장 선생은 그곳에 서서 일없이 앉아있는 상현을 보았을 것이다. 상현은 출발선 뒤에 줄지어 앉아있는 아이들을 보았다. 이 아이들에게는 그가 TV에 나오는 에어로빅 강사쯤으로 보일지도 모른다는 생각을 하며 출발 총을 쏘았다.

옹기종기 모여 앉은 아이들 콧등 위로 늦가을 햇살이 가만가만 내려와 앉았고, 플라타너스 이파리들은 이제 아이들의 발길과 함께 안 가는데 없이 여기저기 뒹굴어 다녔다. 아이들은 초등학교 육상선수들과 지도교사가 교문을 들어설 때마다 용하게 알아보고 와르르 환영의 소리를 높였고, 으쓱해진 꼬마선수들은 운동장 한쪽에서 발목을 돌리거나 몸풀기 운동을 했다. 가뜩이나 싱겁던 중학교 경기는 초등학교 육상시합 때문에 흐지부지되었다. 아이들은 동네별로 모여 모교를 열심히 응원했고, 꼬마선수들은 제법 진지하게 시합을 치렀다.

운동장에 잠깐 피어올랐던 흥분의 시간도 점심시간을 알리는 방송과 함께 사방으로 흩어졌다. 진 선생이 상현을 찾으러 왔다.

"점심 먹으러 가요. 늦으면 늦을수록 국밥이 맛없어지는 거 알죠?"

"한 일이 없어 그런가 배도 안 고프네."

상현은 밥 생각이 없었다.

"왜요. 오늘의 재주넘기에 지대한 공헌을 했으면서."

"재주넘기?"

상현이 정색을 하고 반문을 하자 진 선생이 멈칫했다. 가끔 시간이 비는 선생님들과 테니스나 쳐주고, 온종일 체육실만 들락거린다는 동구 녀석까지 부럽게 만들던 일이 재주넘기라니 쓴웃음이 나왔다.

"돈은 누가 버는 거야?"

"돈요?"

"재줄 넘었으니 돈이 생길 거 아냐."

"사람 무안하게 뭘 그렇게 정색을 해요?"

"이제 와서 그런 얘길 하니까."

"미리 알았으면 체조 같은 건 안 하고 지도안에 쓰인 대로 충실하게 교생실습을 했을 텐데요?"

상현은 일어나 훌쩍 물구나무를 섰다. 답답할 때 해보는 버릇이다.

"묘하게도 상황이 그랬어요. 지나고 난 다음에야 겨우 깨닫게 되는 게 많아요. 선배가 오로지 체조 하나에만 매달려 있다가 갈 줄은 몰랐어요. 앞으로 해야 할 일을 제대로 깨닫고 돌아가는 시간이 되었으면 좋았을 텐데. 그런데요, 전공에서 배운대로 하고 사는 사람이 몇이나 돼요? 온통 제자리 못 찾아 헤매는 사람들뿐이네요."

"진 선생은 전공대로 살고 있잖아."

"내가요?"

진 선생이 푸! 웃었다.

"국어하고 한문하고 같은 과목이라고 생각하는 사람들이 왜 그렇게 많은지 모르겠어요. 하긴 그거나 저거나 다 마찬가지지. 내가 열심히 하는 일이라는 게 시험으로 아이들 달달 볶아서 저 도시로 떠나도록 돕는 거더라구요. 당연해 보이는 그 일에 가끔씩 얼마나 당황하는지 몰라요."

화단 앞에서 여선생들을 만나자 진 선생이 말을 멈추었다.

"갈 거 없어. 라면 사다 먹는 게 속 편하지."

윤 선생의 화난 소리가 둘의 걸음을 세웠다.

"왜요? 무슨 일이예요?"

"무슨 일이긴. 총무가 술이 들어가 그러는 걸 못 들은 척하면 그만이지. 똑같이 굴게 뭐 있어?"

교무주임이 뒤따라 나와서 윤 선생을 나무랐다.

"돈 몇 푼 끌어 모아봐야 죄다 선생들 입으로 들어가고 남는 건 하나도 없다는 소릴 들어가며 그 밥을 먹어야 돼요?"

윤 선생이 조금도 수그러들지 않는 기세로 휑하니 몸을 돌려 가버리고 여선생들도 그대로 따라가자 교무주임은 진 선생을 잡아 세웠다.

"교무실로 가져다 먹어. 오늘은 점심 하는 아주머니도 안 계실 테고, 주변에 식당이 있는 것도 아닌데 고집 부려봐야 누구 손해야?"

진 선생이 중간에서 난처해하자 교무주임은 상현의 팔을 끌고 가서 국밥 쟁반을 안겼다.

진 선생이 세 그릇, 상현이 네 그릇을 담아 교무실로 들어가자 윤 선생은 아직도 화가 풀리지 않은 목소리로 상현에게 미안해했다.

상현은 음식을 내려놓고 천막으로 돌아왔다. 육성회에서 교사들과 육성회회원들에게 식권을 나누어주고 일반손님들에게도 국밥을 팔았다. 최 선생이 술이 잔뜩 취한 육성회 총무를 달래느라 애를 먹고 있었다. 상현은 자리가 비어있는 박 선생 앞으로 가서 앉았다.

"나도 올해 경식이 졸업하면 이 학교는 그만입니다."

박 선생 옆에 앉은 학부형의 굵은 목소리에서 섭섭함이 배어났다.

"무슨 말씀이세요. 경식이가 졸업해도 구경 나오셔야죠."

"다섯 놈 다 여기 졸업시켰어요. 초등학교 운동회는 고사리만 한 놈들 노는 거 귀여운 맛이 있고 중학교는 또 달라요. 홀쩍 큰 자식 놈이 운동장을 이리 뛰고 저리 뛰는 걸 보면 추수해 쌓아 놓은 곳간만큼이나 든든하지요."

박 선생이 고개만 크게 끄덕였다.

"서로 자식 자랑하느라고 옆집 춘성이 애비랑 체육대회 날마다 다투었는데. 그 집이 논 팔아 떠난 지가 벌써 사년이나 되었으니…."

"얘긴 많이 들었어요. 추수 끝내고 동네 분들이 모여서 참 흥겹게 지냈다고요."

"그럼요. 요즘엔 어디 사람이 있어야지요. 형편이 좀 낫다는 사람들은 벌써 다 빠져나가고, 육성회 임원이라고 해봐야 회비라도 척척 낼 수 있는 사람 몇 안 됩니다. 총무 저 사람 심정도 이해는 가요. 제일 먼저 고향 떴다가 돌아온 사람 아닙니까? 잘 해보겠다는 마음만 앞서고 형편은 닿지 않고. 육성회장 자리

이미숙소설 당신의 이름은

를 선뜻 물려받을 수 없는 게 다 그 돈 때문 아닙니까. 이 회장 때처럼 해주길 바라면 안 되지요."

박 선생은 또 고개만 크게 끄덕거렸다.

곧이어 가장행렬이 있다는 방송이 운동장 울타리 밖으로 퍼져나갔다. 체육대회 처음에 했어야 할 입장식을 생략하고 곧바로 경기로 들어가는 대신 학부형들이 가장 많이 모이는 시간에 가장행렬을 한다. 체육대회의 하이라이트인 것이다.

남학생들이 꾸민 각설이들은 교단 위로 올라가 교장선생님에게 돈까지 얻어 들고 좋아라 내려왔다. 반에서 제일 키가 크고 뚱뚱한 여학생과 제일 작고 귀여운 남학생을 신랑신부로 한 전통혼례식 모습에 사람들은 배꼽이 빠지도록 웃었다. 하얀 천으로 칭칭 감고 나온 미라의 행진도 놀랍고, 어디서 구했는지 예비군복을 차려입은 일학년의 행진도 볼만했다. 삼학년 여학생들이 씨 뿌리는 장면과 추수하는 장면으로 사계절 농사일을 연출해 냈을 때, 사람들은 모두 말을 잃었다. 주변에서 사라지고 있는 것들이 아이들 가장행렬에서 잠깐씩 되살아나고 있었다.

가장행렬의 웃음이 썰물처럼 밀려 나간 운동장에는 학부형 경기를 알리는 방송이 되풀이되어 나왔다. 선생님들의 재촉에 등 떠밀려 나온 아주머니 몇 명이 서 있기 머쓱해져서는 도로 들어갈 기회만 찾고 있었다.

햇빛 들어간 오후는 금방 썰렁해졌다. 천막 끝에 펄럭이는 이름들이 적힌 종이도 스산해 보였고, 땅바닥에 주저앉은 채 응원기구만 만지작거리는 아이들도 조용하기만 했다. 운동장 뒤쪽의 낙엽들만 바람에 쓸려 주춤주춤 앞으로 굴러 나왔다.

"점심 먹을 때는 그래도 꽤 되더니 다들 어디 간 거야?"

"회원들이 먼저 나와 섰어야 하는데."

"회장은 일찍 자리를 떴고, 총무는 잔뜩 취했고…."

"굿이나 보고 떡이나 먹는 수밖에."

선생님들은 팔짱을 끼고 서서 수군거렸다. 경기도 없는데 응원만 부추기던 교무주임이 교장에게 몇 번 오르락내리락하다가 체육대회가 끝났음을 선언했다. 우— 일어서는 아이들의 엉덩이에서 흙먼지와 종잇조각이 풀풀 날았다.

체육기구를 정리한 상현은 천막 걷는 일을 도왔다. 김씨 아저씨와 천막을 뒤로 옮기는데 기술실 앞에 누가 엎드려 있다. 학생도 한 명 곁에 서 있다.

"준성아!"

김씨 아저씨가 이름을 부르자 이쪽을 힐끗 바라 본 준성이의 고개가 더 수그러졌다.

"총무님이 이게 무슨 꼴이요?"

김씨 아저씨가 어깨를 잡아 일으키려 하자 총무는 손을 뿌리치며 궁시렁거렸다. 뿌리치던 기세와는 달리 목소리엔 힘이 하나도 없다. 준성이의 눈에서 눈물 한 방울이 툭 떨어지더니 금세 볼을 타고 줄줄 흘렀다.

"야. 이놈아, 그러고만 섰지 말고 집으로 모셔 가야지."

"안 가신다는 걸 어째요."

"여기서 잠들겠다. 나는 퇴근하기 전에 초등학교에서 빌려 온 천막을 갖다 줘야 하는데."

"제가 다녀올게요."

상현이 총무의 한 팔을 어깨에 돌려 넣자 준성이도 얼른 저희 아버지 한 팔을 꿰었다. 두 사람한테 매달린 총무가 걸음은 쉽게 떼 주었다.

"그리 술에 취해가지고 무슨 일을 볼 거여. 남은 사람이라도 정신 차리고 살아야지."

김씨 아저씨가 그의 등짝을 가볍게 쳤다.

"갈 사람은 다 가란 말여."

총무는 또 중얼중얼 말을 늘어놓았다. 그러다가는 걸음을 멈추고 상현에게 얼굴을 바싹 디밀었다.

"그런데 누구시더라?"

"체육과 교생입니다."

"체육선생 될 사람이구먼. 그런데 말야. 최 선생 닮으면 안
되어. 잔치할 사람들은 다 떠나고 없는데. 그 사람 말야. 전통
좋아하시네. 그깟 체육복이나 똑같이 해 입고, 모여앉아 국밥
한 그릇씩 먹으면 전통이 지켜지는 거야? 호랑이 담배 먹던 시
절 얘기만 하고 있어요. 자기 혼자서는 어떻게 바꿀 수가 없대
나. 내 보기엔 저 혼자 북 치고 장구 치고 다 하면서. 한줌도 안
되는 애들 데리고 그것도 행사라고…."

상현의 고개가 자꾸만 꺾였다.

교무실로 돌아오니 칠판엔 약도와 함께 '화전식당에서 육성
회장과 회식'이라고 적혀 있었다. 자가용이 많아지면서 교사들
은 팀을 짜서 출퇴근을 했다. 같이 행동을 해야 하니 교무실은
벌써 텅 비어 있었다.

전화벨이 울렸다. 진 선생이었다.

"아직도 출발 안하고 뭐해요? 벌써 네 번째 하는 전화라구
요. 약도 그려져 있죠?"

"가고 싶지 않은데."

"오늘 연구수업 했잖아요. 연구수업 하면 선배가 한잔 사는
거래요. 동문 선생님들도 기다리고 있어요. 내가 선배교사니

까 선배 말 듣기예요."

체육대회가 체육교생 연구수업이나 마찬가지라며 진 선생이 재촉을 해댔다. 알았다며 가방을 챙기는데 밖에서 아이들 소리가 들렸다. 창가로 가보니 운동장에 꽤 많은 아이들이 모여 있었다. 무슨 일인가 궁금해서 밖으로 나온 상현은 남학생들 사이에 끼어 앉은 오 선생을 보고 깜짝 놀랐다.

"회식하는데 안 가셨어요?"

아이들 시선이 상현에게 쏠렸다.

"이놈들이 축굴 하겠다고 해서 심판 좀 봐주려고요."

곁에 앉은 아이의 머리를 쓰다듬는 오 선생의 눈빛이 아이들을 닮았다.

"지금 팀을 짜는 중이에요."

아이들이 합창을 했다.

"저도 한판 뛰고 싶은데요."

생각지도 않은 말이 불쑥 튀어나왔다. 아이들 시선이 상현에게 쏠렸다. 상현은 그동안 아이들과 축구 한 번 못한 게 떠올라 얼굴이 붉어졌다.

"그래요?"

오 선생의 눈이 반짝 빛났다.

"좋아. 그럼 심판 없이 교생선생님은 1반, 나는 2반 주장이

다."

아이들이 와! 소리를 지르며 일어섰고, 오 선생이 주머니에서 호루라기를 꺼내 길게 불었다. 학교 주변에서 서성대던 아이들과 버스를 기다리던 아이들도 순식간에 운동장으로 몰려들었다.

"봐주기 없기요."

나란히 섰던 양 팀이 악수를 할 때 오 선생이 웃으며 귓속말을 했다.

시합이 시작되자 처음엔 주춤거리던 아이들이 점점 거칠게 달라붙으며 공을 채갔고, 오 선생의 잽싼 몸놀림도 만만치 않아 상현은 아이들에게 즐겁게 고함을 쳐가며 운동장을 뛰어다녔다.

축구가 끝나자 아이들은 모래밭으로 몰려갔다. 아깝게 축구에서 진 2반 아이들이 씨름으로 복수를 하겠다고 큰소리를 쳤기 때문이다. 씨름꾼이 모래를 차며 넘어질 때마다 응원군들의 웃음소리가 풍선처럼 하늘을 날았고, 한 차례씩 웃음보가 터졌으며 그때마다 여학생 한 명이 줄기차게 소리를 질렀다.

"우리도 시합할래요!"

그 말은 곧 꼬리를 물고 합창으로 변했다.

"우리도 발야구할래요!"

이미숙소설 **당신의 이름은**

오 선생이 흐르는 땀을 닦아내며 여학생들에게 물었다.

"너네 몇 명 가지고 재미가 있겠니?"

"왜요. 모으면 되지요."

"그래. 재주껏 모아봐라. 집에 일찍 간 놈, 시내로 학교 다니는 놈, 시골 떠나 이사 간 놈들까지 다 모아봐라. 이긴 팀엔 사이다 한 병씩이다."

사이다 소리에 신이 나서 아이들은 또 펄쩍펄쩍 뛰었다. 그리고는 손나발을 만들어 소리를 지르기 시작했다.

"모여라! 여학생 모여라!"

씨름판의 남자애들도 덩달아 소리쳤다.

"모여라! 남학생 모여라!"

뭐가 우스운지 아이들은 연신 까르르 웃다가는 '모여라'를 외치고 또다시 웃었다.

진 선생이 교문을 들어서는 게 보였다. 진 선생을 본 아이들이 더 크게 '모여라'를 외쳤다.

"아니 이 소리가 산 너머까지 들렸나?"

"그랬어요. 귓속이 하도 소란해서 전화를 하니까 김씨 아저씨 말씀이 체육대회가 다시 열렸대요. 그것도 제대로요."

"발야구선수가 모자라는 데 어떻습니까?"

"좋아요. 자신 있어요."

아이들이 또 웃음보따리를 붙잡고 떼구루루 굴러갔다. 플라
타너스 이파리도 바람을 따라다니며 덩달아 따그르따그르 웃
음을 터트렸다.

이미숙소설 **당신의 이름은**

사랑의 이름과 사람의 자리

— 이미숙 소설 『당신의 이름은』

소종민 문학평론가

무관심과 무심의 차이

작가로부터 소설집 원고를 받아 한 편씩 읽어나갔다. 맨 앞에 놓인 「민희와 정희」를 읽고 나니, 어디선가 스산한 바람이 불어오는 듯했다. 작은 소읍, 논밭에 둘러싸인 학교, 알코올에 중독된 아버지들, 집 나간 엄마들, 아이들 단속에 골머리 썩는 교사들 그리고 가출 소녀들. 낯익고도 마음 쓰린 이야기들이 조곤조곤 낮은 어조로 풀려나오고 있었다. 어느덧 초임교사 은진처럼 복잡한 심정이 일어 며칠째 돌아오지 않는 정희를 기다리고 있었다. 민희를 배웅하러 나간 터미널에서 다행히 정희를 찾아 데려오지만, 이번엔 어머니가 아프시다. 사람들은 온통 떠나가고 돌아오기를 반복하다가 다시 영영 떠나가게 되어 있는 것 같다. 그런데, 말로 다 못할 사연들이 아리게 다가 오면서도 어딘가 시원하고 정갈한 느낌이 온다. "동네와 학교 사이에는 크고 작은 논들이 박혀 있고, 논에서 시선을 들면 멀리 강둑이 보인다"든가 "화단의 깨꽃 위로 햇빛이 발갛게 부서져 내렸다. 정희네 마루 끝에 앉아서도 햇빛을 보고 있었다" 하는 구절 때문인 듯도 하다. 유심하고 고단한 삶 너머로 무심한 풍경들이 있어서 하루를 또 넘기는 것이다.

학교 이야기가 또 한 편 있다. 단편 「모여라」가 그것인데, 작가의 데뷔작이다. 이번엔 소읍 중학교에 체육과 교생으로 온 상현의 이야기다. 상현은 아이들에게 리듬체조를 가르쳐 가을 체육대회에 선보여야 한다. 하지만 막상 체육대회는 아이들의 놀이가 아닌 어른들의 사교모임에 불과했다. 무료해져 돌아가는데, 운동장에 아이들이 축구를 하겠다고 모여 있었다. 상현이 1반 주장이 되고, 심판 보려던 오 선생님이 2반 주장이 되어 시합을 한다. 시합에 진 2반 아이들이 씨름으로 도전해 오고, 다시 여학생들도 발야구를 하겠다고 "모여라!" 외친다. 플라타너스 이파리가 여기에 동조하듯이 바람을 따라 운동장 구석구석을 굴러다닌다. 풋풋한 활기가 넘친다. 역시 학교는 아이들이 스스로 만들어 나가는, 아이들의 자리다.

다소 빗나간 얘기겠지만, 「민희와 정희」에서 정희가 가출한 간접원인은 '학교'가 제공한 것일 수도 있다. 아이들의 처지를 세세히 살피고 보듬어야 할 본래 역할을 하지 않을 뿐만 아니라 오히려 아이들을 '문제아'로 낙인찍고 그 해결을 줄곧 교사 개인에게 몽땅 떠맡기지 않던가. 초임교사 은진이 겪는 고초와 근심에 교감의 압박과 동료 교사들의 무관심이 한몫하고 있음을 부정할 수 없다. 은진과 상현은 아직 젊다. 그래서 지금 이 순간을 좋은 마음으로 밀어나갈 수 있다. 하지만 한 해 두 해 세월이 흐르다 보면 타협과 인정이 쌓여 언제 어느 순간에 학교를 자신들의 '기업'으로만 여기게 되는지 누가 알겠는가. 그런 점에서 초임교사 은진의 걱정 가득한 일상과, 체육과 교생 상현의 예기치 못한 해프닝이 담긴 이 두 편의 소설은, 기나긴 학교 이야기의 출발점이 될 수 있겠다는 생각마저 들게 한다.

세속에 물들거나, 물들지 않거나

단편 「염통에 털 난 사내」는, 상식을 거부하고 윤리를 거역하는 속물들에 관한 보복의 서사다. 이 작품은 계산적 합리성의 위악성이 생생히 드러난다. 의대 동문 친구와 함께 병원을 개업한 홍재수는 이름처럼 늘 재수가 좋았다. 하지만 친구가 교통사고로 크게 다친 이후로 홍재수에게는 재수가 떨어져 나간다. 재수가 없게 된 것이다. 이런 곤란한 상황에 동기들이나

이미숙소설 **당신의 이름은**

선배들은 친구에게 너무 한다며 속내도 모르고 맘껏 지껄인다. 급기야 꿈에서까지 이렇게 괴롭힌다.

잘못했다는 쪽으로 방향을 잡지 않은 겁니다. 합리적인 선이라는 것이, 이쪽과 저쪽을 왔다 갔다 하면서 형성되는 것인데, 이쪽에 서서 저쪽을 다녀오지 않으셨습니다. 저쪽을 다녀오는 것, 사람들은 그걸 도리라고도 하고 인간에 대한 예의라고도 합니다.

내가 저쪽을 다녀오지 않았다고 누가 그래? 어떻게 알아? 내가 다녀왔다고 말하면 다녀온 거지. 도대체 무슨 근거로 그런 말을 하지?

글쎄요. 저도 아직은 잘 모르겠습니다만 그건 저쪽에서 아는 겁니다. 과정에서의 만남이라고 표현합니다. 선생님은 이 과정에서 고통을 느끼셨는지요? 이쪽에서는 합리적인 선처럼 보여도 저쪽에서는 극한의 선이 되는 경우도 종종 있습니다.

뭐라는 거야?

그러니까 선생님은 저쪽을 다녀오지 않았다고 말씀드리는 겁니다.

사고를 당한 친구의 변호사가 꿈에 나타나 홍재수에게 동문 선배의 목소리로 지적을 한다. 역지사지(易地思之)라든가 타인의 고통이라든가 하는 말은 자신의 용어, 자신의 개념에 들어있지 않으므로 홍재수는 이해할 수 없다. 재수와 운을 타고난 사람이기 때문이다. 그리고 어떻든 병원은 운영되어야 하니까, 친구에게 나오지 말고 쉬라 하고, 한 의사가 손을 쓰지 못하는 환자라는 소문도 막고, 그 친구에게 딸린 간호사도 해고하고, 방은 다른 의사에게 내주고, 병원 세금명세서도 동업자니까 이등분에서 친구 집으로 보낸 것뿐인데 말이다. 그게 합리적인 거 아닌가.

하지만, 홍재수는 합리적일지언정 윤리적이지 못하다. 홍재수는 행운과 재수는 나의 것이고, 불운과 불행은 타인의 것이라는 불변의 원칙을 가지고 있다. 그렇기에 동업한 친구는 불운할 수 있고 실제로 불행해졌다고 판단한다. 홍재수 자신, 내가 아니니까 말이다. 홍재수는 불운을 수용하지 않는다. 아내에게 핀잔받고 내연녀가 떠나고 대머리가 되어도 그렇다. 일시적 스트레스일 뿐이다.

홍재수와 같이 오로지 자신의 안위밖에 모르는 인간에게는 더불어 함께 살아간다는 개념이 존재하지 않는다. 이 정도면 지난해 3월, 대통령직에서 쫓겨난 '개념 없는' 누구 역시 연상되지 않는가? 정치철학자 한나 아렌트는 이렇게 말했다. "현실로부터의 유리(遊離)와 무사유(無思惟)가 어쩌면 사람 속에 내

이미숙소설 **당신의 이름은**

재하는 모든 사악한 본능 전체를 합한 것보다 더욱 낭패스러울 수 있다는 사실, 그것이 사실상 예루살렘에서 배울 수 있는 교훈이었다." 그래서 아우슈비츠 수용소장 아이히만은 그토록 평범한 인간이면서도 '절대 악'을 자행할 수 있었다. 공감의 능력이 지워져 있는 합리성이란 그렇게 위험하다. 홍재수라는 인물의 표현에서 드러나는 작가의 분노를 우리는 잘 알고 충분히 느낄 수 있다.

사랑밖엔 난 몰라서

「희자언니」의 희자언니는 위 홍재수와는 완전히 반대편에 서 있는 인물이다. 희자언니는 체호프의 단편 「사랑스러운 여인」에 나오는 올렌카와 참 비슷한 캐릭터다. 사촌동생인 '나'는 이 언니가 몹시 부담스럽다. 감당이 안 된다. 나이 쉰이 다 된 독신의 희자언니는 내 집에 찾아와서는 소파에 턱 하니 누워 텔레비전 채널을 돌리며 희희낙락한다. 빼놓지 않고 담배 심부름도 시키면서 말이다. 불청객인 희자언니는 나에게 지난 가족사를 자꾸만 불러일으키는, 짜증 나는 사람이다. 나에게 고향은 아픈 곳이다. 그 기억들을 들추는 희자언니를 내쫓지도 못한 채 나는 과거의 아픈 기억과 만난다. 과연 희자언니를 내보낼 수 있을까? 분명 희자언니는 이 소설집 전체에서 가장 성공적인 캐릭터일 듯싶다. '희자언니'는 우리에게 이런 질문을 던진다. 평화로운 삶을 허락하지 않는 이 세상에 대해 원한을 품는 대신에 낭만의 길을 택한 이들을 우리는 어떤 자세로 감당해야 할까? 과연 이들이 문제인가, 아니면 우리가 문제인가? 이들의 오류와 우리의 한계 가운데 무엇이 세상에 더 해로울까?

하지만 이런 물음은 무의미하다. 어느 쪽도 문제가 아니거니와 어떤 편도 해롭지 않기 때문이다. 이들이 연일 벌이는 사건들과 매번 뒷일을 수습해야 하는 우리의 고충을 견주어 볼 때, 이들의 행동은 우리를 믿고 저러는 듯싶다. 우리 역시 어린애 같은 이들을 나와 같은 어른이 아니면 누가 감당할까 싶어 투덜거리면서도 집에 들여 밥을 먹인다. 양편 모두 자신이 사람으로 살고 있음을 확인하는 실존의 근거로써 서로를 호명하고 구애하며 공생한다. 어느 편도 버리거나 자진해서 떠날 수 없다. 필수불가결한 보완관계이다.

단편 「다섯 손가락」은 분량으로 봐선 소품이지만, 희자언니 맞은편에서 팔짱을 끼고 인상을 찌푸리며 서 있는 '나'에게 들려주고 싶은 이야기다. 왜냐면 이 작품은 삶을 견디게 하는 힘의 출처가 어디 있는지 잘 보여주기 때문이다. 인생을 아름다

이미숙소설 **당신의 이름은**

운 모양으로 잘 꾸며갈 활동을 함께 할 사람들이 있다면, 그들은 누구인가? 바로 친구들이다. 한결같이 함께 즐거이 눈물 흘릴 수 있는 벗들. 바로 이들이, 그 우정이 힘의 출처다. 이 작품에는 10년 넘게 못 만나다가 마침내 다시 만나 빈 점포를 국숫집으로 바꿔 가는 '다섯 손가락' 친구들의 우정이 정감있게 펼쳐진다. 이 작품을 읽으면서 조금 경우는 다르지만, 서경식의 『시의 힘』에 실린 이야기 하나가 생각났다.

'다노모시코'(賴母子講)라는 것이 있었다. 말하자면 재일조선인들의 민중적 네트워크이다. 소액의 돈을 모아서 매달 한 번씩 모여 친목을 도모하고 정보를 교환한다. 이 자리에서 아들이나 딸들의 혼담이 성사되기도 한다. 일종의 풀뿌리 네트워크이다. 지금이야말로 이런 모임도 없어졌겠지만, 부모님 세대엔 활발했다. (⋯) 우리 할아버지는 해방된 다음 조선의 고향(충청남도)으로 돌아갔고, 아버지는 일본에 남아 일하면서 생활비를 송금했다. 이때 일본은 패전 후의 허허벌판이었고 조선은 정부조차 없는 상황이었으니 어떻게 송금을 했는지 의문스럽겠지만, 동향 사람들의 네트워크를 활용하면 가능했다. 귀향하는 사람 편에 돈을 맡기거나, 당사자에게 돈을 건네진 않지만 저쪽에서 자기 친척에게 돈을 주는 대신 이쪽에서 그 사람 친척에게 돈을 주는 것 같은 방식이었다. 국가는 그런 상호부조 네크워크를 '지하은행'이라며 적발했다.

'다노모시코'는 여성만의 민중적 네트워크였다. 어머니들이나 할머니들이 모여 와자지껄 떠드는 그곳에는 풍요로운 이야기가 가득 차 있었다. 그리고 그와 같이 중층화된 공적 세계와 민중적 세계라는 두 가지 생활 세계는 단절되어 있다. '바깥' 세상에서는 공식적인 것들에 맞춰야 한다. '바깥'밖에 모르는 인간은 중층화된 밑바닥 세계 이야기에는 생각이 미치지 못한다. 그 양자를 오가면서 연결한다는 건 대부분의 사람에게 불가능한 일이지만 우리 어머니는 그것을 연결하고자 하는 의식이 약간은 있었을지도 모른다. (서경식, 『경계를 넘은 자의 모어(母語)와 읽고 쓰기』)

재일조선인들의 다노모시코는 조선에서 일본으로 밀항해 들어온 동포들을 숨겨주거나, 징용에 끌려갔다가 탈출한 동포들을 숨겨주기도 했다. 끈끈한 연대의 틀이 다시 삶을 도모할 수 있게 한 것이다. 우리 역사에서도 여러 형태의 계(契)가 있어 왔다. 대동계나 살계와 같이 정치적 비밀결사 형태의 계도 있었고, 우리가 잘 알듯 살림에 쓰일 목돈 마련의 방편으로 만드는 일반적인 계 모임이 있었다. 지난날 할머니, 엄마, 고모, 이모들은 친목을 겸하여 자주 계 모임을 벌이곤 했다. 세월 따

이미숙소설 당신의 이름은

라 사람도 변하면서 횡령사고가 빈번히 늘어 이제는 많이 없어
졌을 것이다. 그렇지만 삶을 일구어 낼 네트워크는 여전히, 아
니 오히려 더 간절한 시절이다. '꾸밈없이 너나없는 우정'은 삶
을 사람답게 엮어갈 기본토대다. 단편 「다섯 손가락」은 바로
그러함을 말하고 있다.

오랜 기다림 너머

작가 이미숙이 첫 소설을 발표한 지도 어언 22년 전이다. 이
번 소설집에서 언뜻 느껴지는 시차(時差)는 그런 연유에서다.
그렇지만 그의 소설은 언제나 사랑의 향기로 향하고, 사람의
자리를 열어놓는다. 한 땀 한 땀 말의 자수(刺繡)를 놓으면서
함부로 끝맺지 않는다. 사람의 숲에서 유유자적 찬찬히 관계
의 그물을 수선하고, 되도록 작품 안 사람들이 제자리를 찾는
데 애를 쓴다. 모두가 서로 또 함께 행복한 삶을 살아가기를 염
원하는 다정한 글을 쓴다.

게다가 독백체 또는 서간체 형식의 소설인 「바둑이와 영희
와 철수처럼」에서는 설렘과 그리움마저 그득하다. 서로 좋아
하는 건 확실한데 말 한번 제대로 붙여보지 못한 옛 동창 정수
에게 영희가 학창시절의 추억과 그때의 사연을 살가운 말투로

고백한다. 그렇지만 이 편지는 분명 부치지 않을 거고 부칠 수도 없을 거다. 정수에게 말을 건네고 있지만, 이 마음이 가닿을 사람이 꼭 정수가 아닐 수도 있다. 그건 어쩌면 어린 시절의 자신과 친구의 이름을 하나씩 호명하며, 파랗게 맑았던 청춘의 시간을 소환하기 위한 편지일 것이기 때문이다.

「살웃븐뎌 아으」는 생의 활기와 굴곡은 언제 어떻게 무엇으로 시작되는지, 어쩌다 떠나게 되는지 곰곰이 생각하게 하는 작품이다. 진수라는 이름의 야채장수는 아내와 처제를 데리고 나와 채소와 과일을 판다. 매번 같은 자리에 트럭을 대놓고 있어 단골까지 있다. 그러다 의처증이 도져 근처 슈퍼와 치킨집에서 일하던 총각에게 생트집을 놓다가 사달이 난다. 트럭이 압류되고 아내가 동생을 데리고 어디론가 사라진다. 기본 줄거리는 몇 줄 안 되는 진술로 처리되어 있다. 그렇지만 작품 이곳저곳에 인상적인 세부묘사가 가득하다. 이를테면, 이런 대목이다.

단독주택 담 안팎으로 보이던 골목의 살림들이 시야에서 사라졌고, 재래시장도 반듯반듯하게 구획정리하여 재건축되는 마당인데도 그 남자는 용케도 길모퉁이에서 날마다 시장을 열고 닫았다. 새벽에는 야채상자를 줄줄이 꺼내놓고 팔다가 인적이 뜸해지는 늦은 밤이면 상자들을 도로 차곡차곡 실어 담았다. 그의 트럭은 밤마다 마술을 부리는 요술보자기 같았다. 배추, 무, 파, 오이, 상추 등 일상 야채 뿐만 아니라 치커리, 케일 등의 쌈 채소에, 웬만한 과일까지 종류별로 다 딸려 나왔다. 겨울에는 꽝꽝 언 동태나 오징어 궤짝도 가져다 놓았는데, 아침마다 그 작은 트럭에서 그 많은 상자들이 싱싱하게 채워져 나오는 게 신기할 뿐이었다. 사내는 쪽잠을 자고는 또 부지런히 새벽시장에 다녀오는 모양이었다.

카메라를 고정시켜 놓고 롱테이크로 찍은 다큐멘터리의 한 장면 같다. 야채장수는 마술처럼 이 좁은 공간에 갖가지 물건들을 들여놓아 꽉 차게 만든다. 얘기가 진행되면서 어느덧 이 공간이 텅 비게 된다. 예의 그 사달 때문이다. 이 텅 빈 자리를 힐끗 보고 지나치는 칼국수집 할머니도, 부식재료가 모자라 허겁지겁 야채 파는 자리에 왔다가 허탕 쳤을 단골 할머니도, 건너편 슈퍼 주인도 허전함을 피할 수 없다. 이 자리는 얼마 전까지만 해도 사물과 인간과 흥정과 소란으로 가득했었기 때문이다. 이 골목을 채우던 활기가 이젠 사라졌다. 그 허전함을 대신하는 '이야기'만이 남아 있다. 그 이야기는 "몇 년 전 이곳에 야채 파는 트럭이 있었는데……"로 시작되어 다른 이에게 옮겨

질 것이다. 발터 벤야민은 「이야기꾼」이라는 글에서 "이야기꾼은 앞으로 할 이야기를 자신이 체험한 것으로 내세우거나, 그렇지 않으면 누군가로부터 들었던 상황을 묘사하는 데서 이야기를 시작하는 성향이 있다."고 말했다. 위 인용문은 그런 이야기를 풀어나가는 첫 대목에 들어가기에 충분하다. 듣는 이에게 다음 이야기를 궁금하게 하고, 의미를 재구성하게 하는 것. 그게 바로 '묘사'의 효과다.

작가 이미숙의 소설에는 굵직한 역사적 사건이나 영웅적 캐릭터가 등장하지 않는다. 인물들 사이의 격렬한 갈등도, 큼직한 화해도 보이지 않는다. 그러므로 감정의 진폭도 그리 크지 않다. 그런데도 낮은 곡절의 완만한 울림이 길고 부드럽게 이어진다. 사실 이야기란 그런 게 아닐까. 이야기는 우리 삶의 모습을 닮아서 비극 아니면 희극이라는 양단 간의 결말로 끝나지 않는다. 이야기의 본질은 네버엔딩에 있다. 삶은 여전히 지속되고 이야기는 좀처럼 끝나지 않는다.

중요한 것은 인간의 지식이나 지혜만이 아니라 무엇보다 그가 살아온 삶—이야기가 되는 소재로서의 삶—이 임종에 이른 사람에게서 비로소 전수될 수 있는 형태를 취한다는 점이다. 삶이 마감되는 순간에 인간의 내면에서 일련의 이미지들이—스스로 깨닫지 못한 채 마주쳤던 자기 자신의 모습들로 이루어진 이미지들이—떠오르듯이, 돌연 그의 표정과 시선에서 잊을 수 없는 무엇인가가 떠올라 그 사람에 관한 모든 것에 권위를 부여하게 된다. 제아무리 하찮은 사람이라도 죽음의 순간에는 살아 있는 사람들에게 대해 그런 권위를 갖는다. 이야기의 기원에는 바로 이러한 권위가 있다. (발터 벤야민, 「이야기꾼」)

벤야민은 '권위'라는 낱말을 선택했지만, 대신 '위엄' 또는 '존엄'이란 낱말을 쓰고 싶다. 사람으로 태어나 여러 고초를 겪으며 얻은 지식과 지혜 그리고 삶의 의미들은 누구에게나 예외가 없다. 결국 사람이 있는 한, 이야기는 끝나지 않는다. 이미숙의 소설이 그러하다.

어떤 '자리'에 어떤 '사람'을 놓아볼까? 어떤 게 가장 괜찮을까? 소설집 『당신의 이름은』은 그 물음에 대한 작가 이미숙의 답변이다. 작품 안 인물들이 알맞은 자리에 꼭 맞춰 잘 들어가 있다는 느낌이 든다. 어쩌면 작가는 가족이나 친지, 친구나 동료를 하나하나 살피면서 다들 제자리에 잘 들어가 있는가, 또 거기서 다들 잘살고 있는가며 곰곰이 따져 생각하는 데에 자신의 일상을 몽땅 바치고 있는 건 아닐까? 그런 혐의가 짙다. 정말 그렇다면, 이미숙에게 '사람의 자리'는 가장 재밌고 제일 관심 있는 주제일 것이다. 그렇다면, 그는 작가다. 그게 바로 작가의 일이니까.

자리를 비우고 채우고

틈만 나면 집을 나가는 엄마, 엄마를 늘 찾아다니는 딸이 있다. 달리 말하면, 자꾸 자리를 비우는 사람과, 그 사람을 다시 자리에 데려다 놓는 사람이 있다. 소설 「굽은 길모퉁이 저편」 끝부분에서, 엄마는 "놀랠 거 없어. 할 일 다 했으니 이제 껍데기 거두어 간다는데 어쩔 거여. 내 배꼽 물고 태어나서 그동안 나 쫓아다니느라고 애썼다" 한다. 애써 부여잡는 딸을 뿌리치며 한마디 더 하신다. "이제. 이 손 놔라. 니 갈 길 하고 내 갈 길이 다른 거야. 가게방에만 틀어박혀 있지 말고 좀. 아이구 나 아니면 누가 저걸 밖으로 집어낼지." 정말 마지막 문장처럼 '길 저편이 아득'하다.

소설 「바벨탑」에는 사람들이 자리를 꽉 채우고 있다. 권 아주머니, 제니 엄마, 니카라과 아저씨, 우루과이 아줌마, 멕시코 청년, 권 아저씨, 정호 엄마, 할머니 선생님, 중국 아줌마, 흑인 여자애, 이집트 아줌마, 러시아 여자, 파키스탄 아줌마, 스웨덴 아저씨, 중국 아저씨, 흑인 아줌마, 아래층 할머니, 한국 아줌마,

이미숙소설 당신의 이름은

김경미 씨, 목사님, 독신녀 선생, 콜롬비아 여자, 베트남 여자 그리고 '나'다. 이 많은 사람들이 샌프란시스코 시내 어느 모퉁이에 있는 '어덜트스쿨'에 다닌다. 영어를 가르쳐 주는 곳이다. 야채 트럭 이야기가 '빈 자리'에서 시작된다면, 바벨탑 이야기는 '꽉 찬 자리'에서 시작된다. 모든 이들이 말하고, 모든 이들이 한 자리에 모여 있다.

이 또한 아득하다. 하지만 작가 이미숙은 오늘도 이야기를 짓고 있을 거다. 그 이야기가 강으로 흘러 바다로 섞이고, 다시 바닷물이 수증기가 되어 비로 내리고, 다시 우리는 작가 이미숙이 지은 이야기의 냇가에 모여 앉아 도란도란 우정을 나눌 것이다. 모닥불 곁에서 이윽고 우리도 숲이 될 것이다.

문상을 가서, 내게 소설이었던 선생님을 만나고 돌아와 컴퓨터를 켰다. 그 안에 들어있는 오래전 내 모습이, 어릴 때 사진처럼 촌스럽고, 정겹고, 눈물 나게 그리웠다. 방금 전인 것 같은데, 나는 너무 오랫동안 그곳에서 사라져 있었다.

"외향 직관형 사람들은 외부 세계의 새로운 가능성을 찾아내는 능력이 있는데, 하나에 대한 흥미를 오래 지속하지 못하고 또다시 새로운 가능성을 찾아서 이리저리 쫓아다니기 때문에 마무리 짓는 것이 어렵습니다."(〈MBTI 16가지 성격유형 특성〉 중에서)

이 문장만큼 나를 아프게 하는 게 또 있을까?

내리막길을 걷는 사람들은 여지없이 과거의 영광만을 주로 이야기한다고 한다. 그래도, 그곳에서 다시 시작할 수밖에 없다. 거기에 계단 하나라도 더 놓을 수 있다면, 그렇게 되지 않는다 해도, 그곳에 다시 서보면, 떠나보낼 수 있는 것과 떠나보낼 수 없는 것을 구별이라도 해볼 수 있지 않을까. 길을 잃었을 때는 길을 잃기 시작했던 그 자리로 다시 돌아가 보는 게 가장 빠른 길이라는 걸 안다. 우느라 정신 빼고 더 멀리 가지 말고, 상실의 그 자리로 돌아가 다시 동서남북을 가려보는 게 지름길이라는 걸 말이다.

뒷걸음치던 마음 뒤꿈치가 먼저 턱에 걸렸다. 바람이 그 등을 밀어주었다. 처음 활자화된 내 글과 당선작 사이에, 그동안의 부끄러움을 밀어 넣어 묶었다. 내 소설의 기준이었던 김남일 선생님께 다시 인사를 드린다. 글쓰기로 돌아오는 길에서 만난 많은 분들과 대문을 활짝 열어준 무늬출판사의 소종민, 윤이주에게 무척 감사하다. 돌아갈 수밖에 없다. 읽고 쓰면서 존재해보기로 했다.

2018년 8월

이미숙